KB119859

멋지다
열일곱

멋지다
열일곱

한창욱 성장소설

예담

차례

선택하는 삶

울창한 숲 사이로 도로가 시원스레 뚫려 있었다. 공사는 얼마 전에 끝이 났지만 아직 개통되지 않은 도로였다. 파란 하늘가에는 매미 울음소리만 가득했다.

심판을 맡은 허스키가 녹색 깃발을 높이 치켜들었다.

"준비!"

너구리가 CBR을 끌고 출발선으로 다가갔다. 녀석은 기선 제압을 하기 위해서 번 아웃(Burn Out; 정지 상태에서 타이어를 헛돌게 하여 접지력을 향상시키는 운전기법)을 했다. 번 아웃은 경주용인 슬릭 타이어가 아니면 효과가 없었다. 그러나 굉음과 함께 타이어가 타들어가면서 시커먼 연기가 뿜어져 나오자 흥분한 구경꾼들이 함성을 질렀다.

'짜식! 똥폼 잡기는……'

한재하도 로드윈을 끌고 출발선으로 다가가며 번 아웃을 시작했다. 두 대의 머플러에서 경쟁적으로 요란한 배기음이 터져 나왔다. 응원의 함성이 점점 높아졌고, 분위기가 한층 뜨겁게 달아올랐다.

오늘 경기는 드래그 레이스였다. 4분의 1마일, 즉 400미터 남짓한 직선거리를 먼저 통과하면 승리하는 경기였다. 드래그 레이스에서 레이서의 능력 못지않게 중요한 것은 바이크의 성능이었다.

'이겨야 해! 아니, 꼭 이기고 만다!'

재하가 호흡을 고르며 정면을 노려보았다. 허공에 멈춰 있던 녹색 깃발이 빠르게 떨어졌다. 두 대의 바이크가 굉음을 내며 지면을 박차고 튕겨 나갔다. 스타트는 비슷했다. 30~40미터까지는 우열을 가리기 힘들었다. 그러나 그뿐이었다. 스로틀을 쥐어짜봤지만 거리는 점점 벌어졌다. 승리를 확신한 너구리가 속도를 줄여가며 여유 있게 결승선을 통과했다.

"까까까!"

바이크를 타고 등 뒤에서 따라오던 구경꾼들이 일제히 까마귀 울음소리를 냈다. 마치 패배자인 재하를 조롱하듯이.

"야, 받아!"

허스키가 고무줄로 친친 감은 지폐 뭉치를 너구리에게 던져주었다. 한 손으로 돈뭉치를 받아낸 너구리가 트로피처럼 높이

들어 올렸다. 다시금 함성이 솟구쳤다. 너구리가 싱긋 미소를 지었다.

"고맙다! 잘 쓸게."

재하는 고개를 푹 숙였다. 학원비가 날아가는 순간이었다. 너구리와 그의 친구들이 승리를 자축하듯 요란한 굉음을 내며 멀어져갔다.

문어가 다가오더니 바이크를 나란히 했다.

"내가 뭐랬어, 인마! 이미 체급부터 틀린 경기니까 하지 말라고 했지?"

재하는 아랫입술을 질끈 깨물었다. 너구리가 바이크를 튜닝했다는 소문은 들었지만 저 정도까지 성능이 향상될 줄은 몰랐던 터였다. 250CC까지는 아니더라도 200CC는 너끈히 될 듯싶었다.

"야, 밥이나 먹으러 가자!"

시계를 들여다보니 열한 시였다. 정신이 번쩍 들었다.

"형! 나 가봐야 해. 다음에 봐!"

재하는 서둘러서 바이크를 몰았다. 시원한 바람이 전신을 휘감았다. 스로틀을 감자 시골 풍경이 빠르게 등 뒤로 밀려 나갔다. 가슴 저미도록 아름다운 풍경이었다.

골목 입구에서 박창수가 초조히 발을 구르고 있었다.

"야, 이제 오면 어떡해?"

재하는 헬멧을 벗어서 창수에게 던져주었다.

"늦었지? 미안하다!"

"아, 미치겠다! 왕눈이가 날 뜯어먹으려 덤벼들 텐데……."

창수는 일주일 전부터 패스트푸드점의 배달을 대행해주는 '배달민족'에서 일하고 있었다. 왕눈이는 중국집 배달원 출신으로 배달민족의 창업자이자 사장이었다.

"이제 겨우 열두 시야! 주문이 많이 밀리지는 않았을 거야."

"제발 그러기만을 빌어야지. 오, 하나님! 인간들의 탐욕스러운 허기를 잠시만 잠재워주소서!"

창수가 하늘을 우러르며 성호를 그은 뒤 재빨리 헬멧을 썼다. 바이크가 소방도로를 따라 점점 멀어졌다.

재하는 뱀처럼 구불구불한 골목길을 올라갔다. 창수네 집 대문은 녹슨 철문인데 한편으로 심하게 기울어져 있었다. 대문을 열자 금방이라도 부서질 듯 삐꺼덕거렸다. 가방은 마루에 덩그러니 놓여 있었다. 낯설게만 느껴지는 가방을 한쪽 어깨에 걸친 채 대문을 나섰다.

'어디로 가지?'

마땅히 갈 만한 데가 없었다. 집은 지척에 있었지만 귀가하기에는 이른 시간이었다. 그렇다고 점심시간이 다 되어서 등교하고 싶지도 않았다. 미로처럼 복잡한 골목길을 따라 정처 없이 걷다 보니 큰길이었다. 무작정 걷던 재하가 걸음을 멈춘 곳은 PC방이었다. 게임이나 할까 망설이다 돌아섰다. 오늘은 왠지 그마저도 내키지 않았다. 터벅터벅 걷다 보니 놀이터에 다다랐다. 재하는 그네에 걸터앉아 하늘을 올려다보았다. 한숨을 내쉬는 어머니의 얼굴이 자꾸만 떠올랐다.

'변화가 필요해!'

더 이상 어머니를 속이고 싶지 않았다. 그건 서로가 못할 일이었다. 공부를 열심히 하든지, 그도 아니면 학교를 그만두든지 둘 중에 하나를 선택해야 할 때였다. 학교 성적은 바닥권이었다. 지금 성적으로 대학에 진학하기는 불가능했다. 수능까지 많은 시간이 남아 있긴 하지만 이미 포기 상태였다.

며칠 전이었다. 저녁을 먹는 중에 재하가 말했다.

"아무래도 난 공부 체질이 아닌 것 같아. 아예 학교를 때려치울까 봐."

말이 끝나기 무섭게 은하가 물었다.

"그만두면 뭘 할 건데?"

노려보는 누나의 눈동자 속에서 불꽃이 튀었다. 가정 형편 때문에 대학을 중퇴해야만 했던 그녀로서는 동생을 이해할 수 없었다. 재하는 누나의 시선을 슬며시 피하면서 대답했다.

"돈 벌어야지!"

"뭐해서?"

"뭐, 편의점 알바를 하든지……."

"언제까지? 늙어 죽을 때까지?"

토시를 만들기 위해 바느질을 하던 어머니가 바느질감을 내려놓고 길게 한숨을 내쉬었다. 재하는 어머니의 손을 슬쩍 훔쳐보았다. 어머니는 초등학교 앞에서 튀김집을 하고 있었다. 2년 전, 아버지가 갑작스레 세상을 떠나고 나서부터 시작한 일이었다. 백합처럼 고왔던 어머니의 손은 곳곳에 화상 자국이 생겼고, 거무튀튀하게 변해버렸다. 어머니의 손을 보고 있으니 까닭 없이 눈물이 날 것만 같았다. 어머니의 손등 위에서 물총새가 울었다.

치잇쯔, 치잇쯔—.

철봉대에 거꾸로 매달려 있는데 핸드폰이 울렸다. 보나마나 담임 아니면 어머니일 테지. 벨소리를 듣고 있자니 결석했다는 담임의 전화를 받고 낙담해 있을 어머니가 떠올랐다. 핸드폰은 배고픈 아이처럼 보채다가 제풀에 끊겼다.

재하는 초록으로 물들어가는 나무에게 물었다.

"내가 뭘 할 수 있을까?"

나무는 대답이 없었다. 이번에는 하늘에 떠 있는 뭉게구름에

게 물었다.

"내가 뭘 하는 게 좋을까?"

구름도 역시 대답이 없었다.

어렸을 때는 과학자나 축구 선수, 연예인 등을 꿈꿨다. 그러나 키가 크면서, 주머니 속에 가득했던 포켓몬 카드가 사라져버리듯이 꿈도 그렇게 사라져버렸다.

농구 선수로 뛰며 전국대회에서 유망주로 주목받았던 중학교 2학년 때는 매일 밤 NBA에서 뛰는 꿈을 꿨다. 그러나 뮤지컬처럼 화려했던 꿈은 잦은 무릎 부상과 함께 막을 내렸다.

문자 메시지가 도착했음을 알리는 신호음이 울렸다. 거꾸로 매달린 채 바지 주머니에서 핸드폰을 꺼낸 재하는 보낸 사람을 확인하는 순간, 하마터면 중심을 잃고 철봉에서 떨어질 뻔했다. 물살을 힘차게 거슬러 오르는 연어의 꼬리지느러미처럼 재하의 심장이 파르르 떨렸다.

'세상에!'

확인하고 또 확인해봤지만 유다연이 분명했다.

2

패밀리 레스토랑은 한산했다. 다연은 창가에 앉아 책을 읽고 있었다. 중학교에 입학해서 처음 교실에서 보았던 그 모습 그대로였다. 3년이 넘는 시간이 흘렀지만 바뀐 것은 아무것도 없었다. 그녀의 얼굴선은 여전히 예뻤고, 재하의 가슴도 여전히 떨렸다.

"안녕."

재하는 맞은편 테이블에 앉으며 애서 담담한 투로 인사를 건넸다. 다연이 책에서 시선을 거두고 마주 보며 미소를 지었다.

"오랜만이야! 반이 다르니 얼굴 보기도 힘드네."

"그러게."

다연은 오랜만일지 몰라도 재하는 아니었다. 의식적인 걸까, 무의식인 걸까. 언제부터인가 그녀가 자주 눈에 들어왔다. 교정을 바라보면 체육을 하고 있거나 벤치에 앉아 있는 그녀가 보였고, 복도를 거닐다 시선을 돌리면 그곳에 그녀가 있었다.

"며칠 전에 농구하는 거 봤는데……. 다리는 다 나은 거야?"

문득 떠들썩한 관중석에서 열심히 응원하던 다연의 모습이 떠올랐다. 재하가 가슴속 깊은 곳에 간직한 몇 안 되는 소중한 풍경 가운데 하나였다. 재하는 씁쓸한 미소를 지으며 고개를 끄덕였다.

"뭐, 그럭저럭……."

한두 게임 정도는 괜찮았다. 그러나 다시 선수로 뛸 정도는 아니었다. 특히 점프슛을 많이 한 다음 날에는 무릎이 시큰거렸다.

종업원이 다가왔다. 다연이 키위주스를 주문했다. 갑자기 키위주스 맛이 궁금해졌다. 재하는 같은 걸로 주문했다. 메뉴판을 덮으며 "무슨 일 있어?"라고 묻자, 다연이 고개를 가로저었다. 곱게 빗어내린 머리카락이 심해 속 해초처럼 부드럽게 찰랑거렸다.

"아침에 책을 읽다가 이런 문장을 발견했어. '대중을 구원하려고 노력하는 것보다 문제아 한 명을 구원해내는 것이 더 고귀한 일이다!' 유엔 사무총장을 지내고 노벨 평화상을 수상한 다그 함마르셸드가 한 말이야."

"뭐야? 그래서 날 구원해주겠다는 거야?"

재하가 정색하고 묻자, 다연이 가지런한 치아를 드러내고 미소를 지었다.

"농담이야, 농담!"

"무슨 농담을 그렇게 해? 진짜인 줄 알고 발끈할 뻔했네."

종업원이 키위주스를 가져왔다. 재하는 마땅히 시선 둘 곳이 없어 주스 잔을 내려놓는 종업원의 손만 뚫어져라 바라보았다. 종업원이 멀어지자 정적이 찾아왔다. 마른 침묵이 테이블 위에 눈처럼 내려앉았다. 재채기가 터져 나올 것처럼 목젖이 간질간질했다. 재하는 파란 빨대를 머금고 주스를 한 모금 마셨다. 긴장한 탓일까. 아무 맛도 느낄 수 없었다.

다연이 불쑥 물었다.

"너 바이크 좋아하지?"

얼음장 같았던 정적이 깨어지자 숨통이 트였다. 재하가 과장된 표정으로 되물었다.

"어, 어떻게 알았어?"

"우연히 개인사물함에 붙여놓은 사진 봤어. 그거 두카티 999R 맞지? 2005년 아메리칸 슈퍼바이크 챔피언십에서 우승했던."

순간 뒤통수를 호되게 맞은 것처럼 뇌에 충격이 왔다. 999R은 모터사이클 잡지에서 발견하고 첫눈에 반한 꿈의 바이크였다. 가격도 3천만 원이 넘어서 일반 사람들은 엄두도 낼 수 없는 명품이었다. 그런데 다연이 자동차도 아닌 바이크, 그것도 999R에 대해서 알고 있다니 놀라웠다.

"너도 바이크 좋아하니?"

"아니."

"그런데 어떻게……?"

"외삼촌이 바이크 마니아야."

"그래?"

재하는 그제야 상체를 등받이에 기댔다. 세상에는 날이 갈수록 마니아들이 늘어나고 있다. 현실이 마음에 들지 않는 걸까. 사람들은 저마다 자신만의 블랙홀을 하나쯤 갖고 싶어 했다.

"외삼촌 바이크가 두카티 999R이야."

"뭐, 정말?"

"타 본 적도 있어!"

"너도 바이크 탈 줄 알아?"

"물론 탈 줄 알지! 뒷좌석에."

재하는 다연의 미소를 멍하니 바라보다가 뒤늦게 말뜻을 깨달았다.

"외삼촌이 라이딩할 때 엄마 몰래 몇 번 탔었어."

"엄마가 못 타게 해?"

"응. 우리 엄마는 바이크를 타기만 하면 큰일 나는 줄 알아!"

"어른들이 다 그렇지, 뭐."

"근데 기분 끝내주더라! 바람 속을 가르며 달리는데, 『갈매기의 꿈』에 나오는 조나단 리빙스턴이 된 기분이었어!"

실내에는 힙합가수 50센트의 「캔디 숍Candy Shop」이 흘러나오고 있었다. 재하는 음악에 맞춰 가볍게 고개를 끄덕였다. 마약 판매 조직의 일원이었다가 유명 가수가 된 50센트의 노래를 들으면 기분이 좋아졌다. 막연하게나마 '나도 언젠가는 성공할 수 있어!'라는 근거 없는 자신감이 발바닥을 간질였다.

"언제 999R 좀 구경시켜주면 안 될까?"

"삼촌에게 물어보고."

다연은 새침한 표정으로 빨강 빨대를 빨았다. 유리잔에 담긴 녹색 액체가 마법처럼 스르륵 모습을 감추었다.

"재하야, 너 진짜 레이스 안 해볼래?"

"레이스?"

"드림레이스에 한번 참가해보지 않겠느냔 말이야."

"그게 뭔데?"

"우리가 만든 클럽이야."

"바이크 마니아들의 모임 같은 거야?"

"아니! 꿈을 성취하기 위한 모임이야. 말 그대로 꿈을 향해서 달려가는 사람들의 모임이지."

오븐 속의 빵처럼 부풀어 올랐던 기대감이 스르르 꺼졌다. 김빠진 재하의 얼굴을 빤히 바라보면서 다연이 물었다.

"흥미 없니?"

"아니, 좀 더 자세히 말해봐."

재하의 기분을 눈치채지 못한 걸까, 알면서도 모르는 체하는 걸까. 다연이 다소 격앙된 목소리로 이야기를 시작했다.

　"드림레이스가 탄생하게 된 배경부터 들려줄게. 작년 봄, 그러니까 3학년 1학기 때였어. 독서반원 여섯 명이 둘러앉아 독서 토론을 하다가 흥미로운 사실을 발견했지."

　다연의 눈동자가 한순간, 혜성처럼 반짝 빛을 발했다.

　"미국의 명문대인 예일대학교에서 1953년도 졸업생들을 20년이 흐른 1973년에 찾아간 거야. 그들이 어떻게 살고 있나 알아보기 위해서지. 조사 결과 졸업생 가운데 27퍼센트는 빈민층으로 전락해 있었고, 60퍼센트는 서민층으로 살아가고 있었어. 10퍼센트는 중산층으로 비교적 여유로운 삶을 살고 있었고, 불과 3퍼센트만이 부와 명예를 움켜쥐고 있었지.

　연구진은 무엇이 이들의 운명을 갈랐을까 궁금해졌어. 그래서 이들의 차이점을 조사했는데 87퍼센트는 미래에 대한 계획이 없이 살았고, 중산층인 10퍼센트는 글로 쓰지는 않았지만 나름대로 구체적인 계획을 갖고 있었고, 상류층이 된 3퍼센트는 어렸을 때부터 글로 기록한 체계적이고 구체적인 계획을 갖고 있었다는 거야. 그러니까 미래에 대한 계획을 갖고 있었느냐 없었느냐, 그 계획을 글로 썼느냐 가슴에만 품고 있었느냐가 성공을 판가름하는 기준이었던 거지!

우리는 이 연구 결과를 접하고 충격을 받았어. 이것이 사실이라면 정말 대단한 발견이니까! 우리는 불확실성 시대에 살고 있잖아? 저마다 가슴속에 꿈을 품고 있지만 그것이 이루어질지, 이루어지지 않을지 누구도 알 수 없는 세상 말이야. 그런데 이토록 쉽게 꿈을 이룰 수 있는 방법이 있다니! 가만히 있을 수가 없었어. 우리는 관련 자료를 좀 더 찾아보았어. 그러다 흥미로운 통계를 또 하나 발견했지.

1979년에 마크 교수와 연구진은 하버드 경영대학원 졸업생을 대상으로 미래에 대한 구체적인 계획이 있는지를 조사해봤어. 84퍼센트는 구체적인 계획이 없었고, 13퍼센트는 나름대로 구체적인 계획을 갖고 있었고, 3퍼센트만이 글로 쓴 구체적인 계획을 갖고 있었던 거야. 10년 뒤, 1989년에 마크 교수와 연구진들은 다시 그들을 찾아가서 조사를 했어. 학벌이 좋았기 때문인지 구체적인 계획이 없었던 84퍼센트의 졸업생들도 나름대로 잘살고 있었지. 그러나 구체적인 계획을 갖고 있던 13퍼센트는 그들보다 평균 수입이 두 배가 많았고, 글로 쓴 구체적인 계획을 갖고 있었던 3퍼센트는 나머지 97퍼센트의 졸업생보다 평균 수입이 열 배에 달했던 거야.

우리는 이런 연구 결과를 토대로 네 가지 질문을 만들었어.

첫째, 성공하는 사람은 전체 인구의 3퍼센트뿐이다. 이 안에 들기를 간절히 원하는가?

둘째, 글로 쓴 구체적인 계획을 갖고 있다면 3퍼센트 이내에 들어갈 가능성이 높다는 사실을 인정하는가?

셋째, 글로 쓴 구체적인 계획만 있다면 정말로 성공하는 3퍼센트가 될 수 있다고 확신하는가?

넷째, 만약 그 밖의 결정적 요소가 더 있다면 그것은 무엇이겠는가?

우리는 네 가지 질문을 놓고 토론을 벌였어. 첫 번째와 두 번째 질문은 만장일치로 'YES'가 나왔지. 그런데 세 번째 질문에 대해서는 의견이 엇갈렸어. 결국 오랜 논쟁 끝에 '가능성은 높지만 확신할 수는 없다'고 일단 마무리를 지었지.

그래서 다시 네 번째 질문을 놓고 토론을 벌였는데 이번에는 어떤 결론도 내릴 수 없었어. 우리가 갖고 있는 지식의 한계 때문이었지. 결국 우리는 힘을 합쳐 네 번째 질문에 대한 답을 찾아보기로 했어.

우리는 인터넷을 검색해서 공공기관과 경제연구소, CEO, 대학교수, 기자, 전문가 등이 추천한 자기계발서 가운데서 48권을 추렸어. 여섯 명이서 두 달 동안 여덟 권씩 나눠 읽은 다음, '성공하는 사람이 갖춰야 할 20가지' 항목을 추렸어. 20가지 항목을 나열해놓고 보니 필요한 것이기는 한데 실천하기에는 너무 많은 거야. 그래서 우리는 일곱 가지만 추리기로 했어. 그래서 100

명의 저명인사를 선정했지. 물론 사회적으로 성공한 상위 3퍼센트 이내에 속하는 사람들이야. 우리는 갖은 방법을 써서 그들의 메일 주소를 알아냈고 연락을 취했어. 설문 조사를 하는 취지를 설명하고, '성공하는 사람이 갖춰야 할 20가지' 항목 가운데 반드시 필요하다고 생각되는 일곱 가지만 체크해 달라고 요청했지. 친절하게도 100명 중 46명이 답장을 보내왔어.

우리는 설문지를 바탕으로 최종 일곱 가지 항목을 추려낼 수 있었어. 우린 몹시 흥분했지. 마치 보물지도를 발견한 기분이었거든!"

다연은 키위주스를 한 모금 마신 뒤, 곧바로 말을 이었다.

"우리는 성공을 목표로 삼고 힘을 합해 나아갈 필요성을 느꼈어. 그래서 '3퍼센트 이내에 드는 성공을 쟁취하기 위해 반드시 갖춰야 할 일곱 가지'를 실천하기 위한 클럽을 만들었지. 그렇게 해서 드림레이스가 탄생한 거야."

재하는 처음에는 건성으로 들었으나 듣다 보니 흥미가 동했다.

"너희들이 찾아낸 일곱 가지가 뭔데?"

"말로 하자면 별것 아냐. 하지만 그것들을 하나하나 실천해 나가다 보면 달라지는 자신을 발견하게 되지!"

"그럼 넌 일곱 가지 전부 실천해봤어?"

다연이 고개를 끄덕였다.

"클럽을 만들 때 우리를 이끌어줄 멘토를 한 분 모셨는데, 그분이 일곱 가지 항목으로 일곱 개의 미션을 만들었어. 나는 물론이고 드림레이스 멤버 모두가 일곱 개의 미션을 차례대로 수행했어. 아니, 정확히 말하면 지금도 수행하는 중이야."

"미션을 만들었다고? 그리스로마 신화에서 헤라클레스가 에우리스테우스 왕의 속박으로부터 벗어나기 위해 열두 가지 미션을 수행했듯이 그런 식으로 미션을 수행하는 거야?"

"빙고! 하지만 걱정 마. 머리 아홉 개 달린 히드라를 죽이라거나 황금사과를 훔쳐오라는 식의 어려운 미션은 아니니까. 일곱 가지 미션은 생각하기 나름이야. 긍정의 눈으로 보면 아주 쉽고, 부정의 눈으로 보면 아주 어려워."

도대체 일곱 가지 미션이 뭘까? 곰곰이 생각하다 보니 문득 한 가지 의문이 들었다.

"뭐 좀 물어봐도 돼?"

"응, 뭔데?"

"왜 새로운 멤버를 구하는 거지? 너희들이 찾은 것이 보물지도처럼 가치 있는 거라면 굳이 다른 사람한테 공개할 이유가 없잖아?"

"아, 그건 두 가지 이유 때문이야. 하나는 멤버 중 한 명이 미국으로 이민을 갔기 때문이고 다른 하나는 노블레스 오블리주 때문이야."

"뭐? 노블레스 오블리주······?"

재하는 기가 막혔다. 프랑스 말인 노블레스 오블리주가 '가진 자의 도덕적 의무'를 뜻한다는 것쯤은 재하도 잘 알고 있었다. 오늘날 사회 지도층으로서 정당한 대접을 받기 위해서는 누리는 명예만큼 의무를 다해야 한다는 의미에서 널리 사용되는 말이다.

"너희들이 대단하다는 것만은 인정할게! 중3이면 이성 친구나 연예인에게 한창 빠져 있을 때인데 성공을 꿈꾸며 드림레이스를 만들다니. 하지만 너무 앞서 나가는 거 아냐?"

"남들이 어떻게 생각하든 우리는 장차 이 사회의 3퍼센트 안에 드는 리더가 될 거라고 굳게 믿고 있어! 그리고 우리의 능력을 나눌 필요성도 느끼고 있지. 우린 드림레이서가 될 때 이렇게 선서까지 하거든. 꿈을 이룬 뒤는 물론이고, 꿈을 향해 달려가는 중에도 나눔의 정신을 실천하겠노라고."

다연의 눈빛은 아마존의 호수처럼 고요했고, 말소리는 성직자의 기도처럼 확신에 차 있었다.

"좋아! 그건 그렇다고 쳐. 그런데 왜 하필이면 나지? 내가 3퍼센트 이내에 드는 사람이 될 것 같아?"

다연이 조심스레 눈치를 살피며 되물었다.

"솔직히 말해도 돼?"

"물론이지!"

"지금 네 상태로는 어림없어! 3퍼센트가 아니라 30퍼센트 안에 들기도 힘들 거야. 하지만 네가 마음먹고 드림레이서가 된다면 충분히 가능하다고 봐."

"넌 날 잘 알지도 못하잖아."

"그래. 하지만 한 가지는 확실히 알아!"

"그게 뭔데?"

"한 달쯤 전에 도서관에서 널 지켜본 적이 있어. 비 오는 날 밤 늦게까지 혼자서 농구를 한 적 있지? 아니, 농구라기보다는 공을 집어던지고 있었다는 표현이 맞을 거야. 하프라인보다 더 먼데서 슛을 했으니까. 난 처음에는 네가 금방 포기할 거라고 생각했어. 다른 아이들도 몇 번 시도해보다가 안 들어가면 포기하잖아? 그런데 넌 완전히 내 예상을 깼어. 그날 밤 대체 몇 번이나 슛을 한 거야? 300번? 아니, 500번?"

재하는 그날 일을 생생하게 기억했다.

사건의 발단은 담배 때문이었다. 점심시간이 끝나고 수업을 시작하려는데 갑자기 체육 선생님과 담임이 들어왔다. 앞문과 뒷문을 지키고 서서 소지품 검사를 시작했다.

그런데 재하의 가방에서 담뱃갑이 나왔다. 재하는 깜짝 놀랐지만 선생님들의 얼굴에는 아무런 표정 변화가 없었다. 반찬통을 열었다가 멸치라도 발견한 것 같은 표정이었다. 체육 선생님이 매서운 말투로 짧게 지시했다.

"앞으로 나가!"

"제 거 아닌데요."

그러자 단상에 서 있던 담임이 버럭 고함을 질렀다.

"나와, 인마!"

"저는 담배 안 피우는데요."

"뭐? 거짓말도 적당히 해, 자식아! 네가 담배를 피우지 않으면 담배가 너를 피우냐?"

담임의 말에 긴장된 표정으로 앉아 있던 아이들 사이에서 웃음이 새어 나왔다. 그러나 재하의 말은 사실이었다. 중학교 때 호기심에 끌려서 딱 한 번 담배를 피운 적은 있었지만 정말 그뿐이었다.

사람들은 키 큰 학생에 대한 몇 가지 선입견을 가지고 있다. 대표적인 것이 또래 아이들보다 어른스러울 거라는 편견이었다. 그래서 어른처럼 담배쯤은 아무렇지도 않게 물고 다닐 거라고 지레짐작한 까닭일까. 재하가 아무리 변명해보아도 선생님은 물론 아이들조차 그럴 줄 알았다는 듯 믿지 않는 눈치였다.

체육 선생님이 지휘봉으로 뒷덜미를 툭툭 찔렀다. 학생이 아닌 범법자를 대하듯이.

"개수작 부리지 말고 빨리 앞으로 안 나가?"

치밀어 오르는 분노와 억울함을 참지 못한 재하는 책상을 두 손으로 힘껏 내리치며 자리에서 벌떡 일어났다.

"제기랄! 어떤 새끼 짓이야?"

"어라, 이 자식이 어디서 욕을 해?"

아차 싶었지만 이미 늦은 뒤였다. 재하는 뒤늦게 머리가 땅에 닿도록 빌었다. 그러나 담임은 그냥 넘어가지 않았다.

다음 날 어머니가 학교에 불려왔다. 어머니는 방아깨비였다. 하나뿐인 아들이 등교정지라도 당할까 봐 당신이 죄를 지은 것처럼 담임에게 연신 머리를 조아렸다. 거기까지는 그런 대로 봐줄 만했다. 자식이 잘못해서 학교에 불려오면 다른 어머니들도 대개는 그러니까. 교무실 밖에서 기다리던 재하는 차마 못 볼 광경을 목격하고 말았다. 손에 지문이 다 닳도록 용서를 빌어놓고도 마음이 놓이지 않았던 걸까. 어머니는 따라 나온 담임에게 조심스럽게 봉투 하나를 내밀었다. 오랜 세월 꿋꿋하게 지켜왔던 자존심을 당신 스스로 무너뜨리는 순간이었다.

담임은 극구 사양했고, 어머니는 부끄러운 손을 어떻게 해야 할지 몰라 쩔쩔맸다. 봉투를 쥔 손은 거두지도 못하고, 건네지도 못한 채 허공에 섬처럼 떠 있었다. 어머니의 얼굴은 창백하다 못해 투명하기까지 했다. 낮달 같은, 조금은 비현실적으로 느껴지는 얼굴을 바라보고 있으니 한순간 어머니의 심정이 고스란히 느껴졌다. 할 수만 있다면 부끄러운 손을 싹둑 잘라놓은 채 도마뱀처럼 달아나고 싶은.

살아오면서 그날처럼 비참했던 적은 없었다. 재하는 잊고 싶었다. 영원히, 아니 빗속에서 공을 던지고 있는 그 순간만이라도. 담임 앞에서 어쩔 줄 몰라 하던 어머니의 손을. 금방이라도 울음이 터져 나올 것만 같아 고개를 푹 숙인 채 교정을 총총히 빠져 나가던 어머니의 뒷모습을. 그 어디에도 출구가 보이지 않는 갑갑한 현실을.

"난 그날 알았어. 너의 가슴속에 분출하지 못한 뜨거운 열정이 타오르고 있다는 것을! 재하야, 우리 같이 드림레이스를 해 보자. 넌 누구보다도 훌륭한 레이서가 될 거야."

"그래서 날 추천한 거야? 단지 그 이유 하나 때문에?"

"드림레이서에게 가장 중요한 것이 바로 열정이거든!"

"고맙긴 한데 사람 잘못 봤어. 난……."

'쓰레기야! 지금까지 주변 사람들을 늘 실망시켜왔어. 더 이상 사랑하는 사람들을 슬프게 하고 싶지 않아.'

재하는 차마 뱉지 못한 말을 우물거리다가 꿀꺽 삼켰다. 코끝이 찡하다고 느끼는 순간, 가슴속에서 물총새가 울었다.

치잇쯔, 치잇쯔―.

재하가 상처 입은 물총새를 숲에서 만난 건 초등학교 5학년 여름방학 때였다. 푸른 빛깔이 감도는 화려한 날개에 길고 뾰족한 부리를 지닌 물총새는 날갯죽지에 상처를 입어서 제대로 날지 못했다. 재하는 물총새를 집으로 데려가 정성껏 치료하고, 먹이를 주며 보살펴주었다. 보름쯤 뒤에 물총새는 날개를 퍼덕이며 힘차게 하늘로 날아올랐다.

까맣게 잊고 있었던 물총새가 다시 나타난 건 아버지 장례식 때였다. 환영이었을까, 실제였을까. 물총새 한 마리가 화장터로 향하는 버스 뒤꽁무니를 따라왔다. 그날 이후로 재하는 문득문득 물총새 울음소리를 듣곤 했다.

"나는 뭐……"

"아냐, 아무것도. 아무튼 난 됐어. 사양할래!"

"왜?"

"부담스러워."

"어떤 점이?"

"여러 가지로. 멤버들 모두 너처럼 우등생일 거 아냐?"

"지금은 그렇지. 하지만 1년 전, 일곱 가지 미션을 수행하기 전만 해도 우린 평범한…… 아니, 별 볼 일 없는 학생이었어. 성적도 한 명만 제외하고는 모두 중하위권이었으니까."

"그럼 일곱 가지 미션 덕분에 우등생이 되었다는 거야?"

"결과적으로는 그런 셈이지."

재하가 반신반의하고 있는데 다연이 덧붙였다.

"오해할까 봐 미리 말해 두는데, 일곱 가지 미션은 우등생을 만드는 프로그램이 아니야. 저마다 사회적으로 성공한 3퍼센트의 사람이 되기 위해, 자신의 꿈을 위해 노력하다 보니 자연스레 우등생이 된 거지!"

"그럼 나도 우등생이 될 수 있다는 거야?"

"물론이지!"

다연의 눈빛은 확신으로 차 있었다. 그러나 재하는 두려웠다. 다연을 실망시킬까 봐 두려웠고, 자신에게 또다시 실망하게 될까 봐 두려웠다.

"난 됐어! 그냥 이대로 살래."

다연의 이마 위로 빠르게 먹구름이 내려앉았다. 그녀가 호수처럼 맑고 투명한 눈으로 말없이 바라보자, 재하는 그 눈빛이 부담스러워 슬쩍 창밖으로 시선을 돌렸다.

"세상에는 두 가지 불행이 있대. 예기치 못한 불행과 예정된 불행."

재하는 아버지의 죽음을 떠올렸다. 아버지는 췌장암 선고를 받은 지 불과 한 달 만에 숨을 거두었다. 아버지의 죽음은 예기치 못한 불행이었을까, 예정된 불행이었을까?

"넌 지금 예정된 불행을 향해서 한발 한발 나아가고 있는 거야. 이대로 시간이 흐르면 너의 미래가 어떻게 펼쳐질 것 같니? 반전이 없다면 너의 미래는 불 보듯 빤해."

아버지에게는 반전의 기회조차 없었다. 세상은 불공평한 곳이라는 생각이 들자 걷잡을 수 없는 분노가 솟구쳤다.

"그래서 뭐하자는 거야? 지금이 반전의 기회라는 거야?"

재하의 거칠어진 태도에도 다연은 굽히지 않고 야무지게 대답했다.

"잘 생각해봐! 세상은 냉정한 곳이야. 스스로 마음을 고쳐먹지 않는 한 너의 미래는 절대로 바뀌지 않아!"

"충고는 아껴뒀다가 나중에 네 자식들한테나 하지 그래? 난 우리 엄마 잔소리 듣는 것만으로도 지긋지긋하거든!"

그럴 마음은 아니었는데 이상하게도 말이 삐딱하게 나갔다. 다연의 표정이 햇볕을 쬔 진흙처럼 빠르게 굳어졌다. 이대로 계속 앉아 있다가는 다연에게 깊은 상처를 줄 것만 같았다. 재하는 자리를 박차고 일어났다.

"먼저 간다!"

3

'내가 왜 그랬지?'

재하는 다연에게 차갑게 대한 게 후회스러웠다. 말이란 건 하기 나름이었다. 거절을 하더라도 좀 더 현명하고 따뜻하게 거절할 수도 있었을 텐데……

돌이켜보면 발단은 자격지심 때문이었다. 솔직히 드림레이스 멤버들이 부러웠다. 고등학생이 되고 나니 미래는 물론이고, 현재마저도 불확실하게만 느껴졌다. 아이도 아니고 어른도 아닌 지금의 처지에선 모든 것이 애매했다. 어떻게 살아야 한다는 것은 학교에서 숱하게 들었지만 확신이 서지 않았다.

어른들은 말과 행동이 달랐다. 모순되고 가식적인 어른들의 모습은 '지식으로 배운 세계'와 '현실 세계'가 다를 수도 있다는 불안감을 증폭시켰다. 비커처럼 투명했던 세계에 점점 연기가 들어차면서 모든 것이 불확실하게 변해갔다. 미래를 생각하면 뭔가 얹힌 듯 가슴이 답답해졌다. 재하는 언제부터인가 혼잣말로 중얼거렸다. 될 대로 돼라!

고등학생이 되면 나아질 거라고 기대했는데 달라진 건 아무것도 없었다. 마음은 여전히 조각 조각난 채 낯선 우주 공간을 떠다니고 있었다. 그런데 꿈을 향해 성큼성큼 다가가고 있는 그들의 이야기를 듣자 순간적으로 심보가 꼬인 것이었다.

'젠장, 어떻게든 되겠지.'

재하는 고개를 흔들어봤지만 여전히 먼지를 잔뜩 뒤집어쓰고 있는 듯 답답했다. 바이크를 타고 질주하며 시원한 바람으로 한바탕 샤워하고 싶었다. 그러나 라이딩은 창수가 일을 마치는 밤 10시가 지나야만 가능했다.

걸음 내키는 대로 밤거리를 싸돌아다녔다. 초여름 바람이 재하의 어깨를 툭툭 치며 지나갔다. 제과점에 진열해놓은 예쁜 케이크와 눈 맞추고, 커피숍에서 정겹게 커피를 마시는 연인들을 훔쳐보고, 노래방에서 흘러나오는 노래에 귀 기울이며 걷다 보니 울적했던 기분이 다소 풀렸다.

가전매장 쇼윈도에 진열되어 있는 노트북을 들여다보는데 누군가 어깨를 툭 쳤다. 돌아보니 같은 동네에 사는 강철이었다.

"키다리, 오랜만이다!"

재하는 강철의 달라진 모습에 깜짝 놀랐다. 강철은 재하의 고등학교 4년 선배였다. 만화 주인공처럼 잘생긴 데다 싸움도 잘해서 동네 아이들이 우상처럼 우러러보는 인물이었다. 고등학교를 졸업하고 나서는 뮤지션이 되겠다며 바이크를 몰고 친구들과 어울려 다녔다. 청바지 차림에 머리카락을 빨갛게 물들이고 베이스 기타를 등에 멘 모습을 본 것이 불과 얼마 전이었다. 그런데 어깨까지 내려오던 머리카락을 단정하게 자르고, 말끔한 양복을 차려 입은 강철의 지금 모습은 완전히 다른 사람 같았다.

"와, 멋있다! 직장 다니세요?"

"직장? 뭐, 그런 셈이지!"

강철이 양복 윗주머니에서 명함을 꺼내 내밀었다.

종이는 보석을 갈아 만든 것처럼 반짝였고, 글씨는 금박이었다. 'F&A 영업과장 강철.'

"벌써 과장님이에요? 뭐하는 회사예요?"

"뭐, 이것저것……. 참, 은하는 건설회사 잘 다니고?"

강철이 슬쩍 화제를 돌렸다.

"네, 그런 거 같아요."

"그러고 보니 은하 본 지도 오래됐네."

누나 이야기가 나오자 왠지 모르게 마음이 불편해졌다.

"그럼 전 이만 가볼게요……."

재하가 꾸벅 인사를 하고 돌아서려는데 강철이 불렀다.

"잠깐! 모처럼 만난 아우를 그냥 보내는 건 강호의 도리가 아니지."

강철이 지갑에서 빳빳한 1만 원권을 손에 잡히는 대로 꺼내 건넸다.

"참고서나 사 봐라."

"아니, 됐는데⋯⋯."

"받아, 인마!"

강철은 재하의 바지 주머니에 지폐를 찔러 넣고는 어깨를 툭 쳤다.

"학교 다닐 때가 좋은 때야. 열심히 해!"

재하가 엉거주춤 서 있는 사이 강철이 돌아섰다. 도로변에 서 있던 하얀색 중형 승용차가 스르르 다가오자 강철이 차에 올랐고, 이내 차창이 내려왔다. 흰 치아를 드러내고 환하게 웃으며 강철이 손을 흔들었다.

"누나한테 조금만 기다리라고 전해!"

재하는 멀어져가는 승용차를 넋 놓고 바라보다가 주머니에서 구겨진 지폐를 꺼내 세어보았다. 모두 일곱 장이었다. 뜻하지 않은 횡재였다. 문득 누나는 왜 강철을 싫어할까 하는 생각이 들었다. 저 정도면 잘생긴 데다 직장도 좋고, 의리도 있고, 빠질 것 없는 인물인데⋯⋯.

＊＊＊

　동네 입구에 접어들자 숯불구이집 골목에서 노랫소리가 들려왔다.

　"저 바다에 누워 외로운 물새 될까 떱띠리 떱떱 띠리띠리 떱……."

　재하는 돌아보지 않아도 알 수 있었다. '저바다'가 골목에서 숯불을 피우면서 흥얼거리는 노래였다.

　저바다는 태어나자마자 부모에게 버림받고 산골에서 할머니와 함께 살았다. 열 살 되던 해 할머니마저 죽자, 먼 친척뻘인 숯불구이집 사장이 데려와서 2년째 점원으로 부려먹고 있었다. 나이답지 않게 덩치는 산만 하나 성격은 여리고 순박했다.

　"재하 형!"

　못 본 척하고 지나치려는데 저바다가 골목에서 뛰어나왔다.

　"바다, 언제 데려갈 거야?"

　"다음에!"

　저바다가 숯 묻은 장갑으로 흘러내리는 콧물을 훔치며 재차 물었다.

　"정말이지? 다음에 꼭 데려가야 해!"

　"알았어, 인마!"

　"약속하는 거다?"

　"그래!"

둘 사이에 오가는 대화는 늘 그랬다.

저바다의 꿈은 바다에 가는 것이었다. 만나는 사람마다 바다에 데려가 달라고 애원했다. 사람들은 그때마다 그러겠노라고 흔쾌히 약속했지만 2년이 넘도록 그를 바다에 데려간 사람은 아무도 없었다.

현관문을 열고 들어서며 습관적으로 신발부터 보았다. 밤 열한 시가 넘었는데도 어머니의 신발이 보이지 않았다. 오늘도 자정이 넘어서야 들어올 모양이었다. 어머니와 얼굴을 마주치기가 껄끄러웠는데 차라리 잘됐다 싶었다.

거실에 놓인 컴퓨터 앞에 은하가 앉아 있었다. 재하는 방으로 들어가려다가 느낌이 이상해서 누나에게 다가갔다. 영화를 보고 있는 줄 알았는데 이어폰을 낀 채 잠이 들어 있었다. 재하가 다가가서 가만가만 몸을 흔들었다.

"누나, 들어가서 자."

"어, 왔니?"

은하는 힘겹게 눈꺼풀을 밀어 올렸다. 벌겋게 충혈된 눈으로 멍하니 동생을 바라보다가 스르르 눈을 감았다.

"아침에 허리 아프다고 죽는 소리하지 말고 들어가!"

다시 흔들어보았지만 그때뿐이었다. 인형처럼 눈꺼풀만 깜빡거릴 뿐이었다. 재하는 잠에 취해 늘어진 은하를 번쩍 안아서 침대로 옮겼다. 형광등을 끄고 방을 나서는데 은하의 목소리가 희미하게 들려왔다.

"고마워……."

거실에서는 영화가 계속되고 있었다. 재하가 마우스를 클릭해 멈춤 버튼을 누르자 여주인공의 웃음소리가 뚝 끊기면서 정적이 찾아왔다. 여주인공은 여전히 입을 활짝 벌린 채 소리 없이 웃고 있었다. 그러나 왠지 그 모습이 슬퍼보였다.

은하의 어릴 적 꿈은 영화감독이었다. 대학을 중퇴하고 나서부터는 시나리오 작가로 목표가 바뀌었다. 그녀는 매일 밤 영화를 봤다. 그러나 회사 일이 고된지 영화를 보는 시간은 점점 짧아졌다. 초여름에 들어서면서부터는 영화의 초입 부분에서 잠이 들곤 했다.

재하는 침대에 몸을 던졌다. 천장을 올려다보고 있으니 다연의 목소리가 환청처럼 들려왔다.

— 넌 지금 예정된 불행을 향해서 나아가고 있는 거야. 이대로 시간이 흐르면 너의 미래가 어떻게 펼쳐질 것 같니? 반전이 없다면 너의 미래는 불을 보듯 빤해.

잠을 청하기 위해 눈을 감았다.

나는 앞으로 어떻게 될까? 미래의 모습을 그려보려 안간힘을 썼지만 아무것도 떠오르지 않았다. 마치 새하얀 도화지를 마주하고 있는 기분이었다. 시간이 지나자 도화지 속에 소용돌이가 생겨났고, 재하는 이내 소용돌이 속으로 빨려 들어갔다.

꿈을 꾸었다. 영문도 모른 채 사람들에게 쫓기는 꿈이었다. 처음에는 한 명이었는데 점점 쫓아오는 사람들이 늘어갔다. 벼랑 끝에서 재하는 걸음을 멈췄다. 재하를 빙 둘러싼 사람들은 몸은 정면을 향하고 있었지만 얼굴은 모두 뒤로 돌아가 있었다. 재하는 그들의 뒤통수를 향해 고함을 질렀다.

'난 아니야! 내가 그런 게 아니라고!'

그러나 이상하게도 말이 터져 나오지 않았다. 사람들이 한발 한발 다가왔다. 재하는 뒷걸음질을 치다가 답답해서 가슴을 쥐어뜯었다. 한순간에 번쩍 눈을 뜨니 낯익은 방 안이었다. 창문으로 스며든 부윰한 여명이 방 안을 비추고 있었다. 재하는 이불을 뒤집어쓰고 베개에 얼굴을 묻었다. 까닭 모를 눈물이 주르륵 흘러내렸다.

4

만화방을 나서는데 핸드폰이 울렸다. 전화를 받자마자 문어
가 물었다.

"어디야?"

"집이에요."

재하는 일단 대강 둘러댔다.

"야, 나와라! 기분도 꿀꿀한데 술이나 한잔하자!"

"왜요, 무슨 일 있어요?"

"너구리한테 당했다!"

"형, 레이스 했어?"

"그래! 네 복수해주려다가 하숙비만 날렸다! 한 달 동안 어떻
게 사냐? 휴우."

문어가 땅이 꺼져라 한숨을 내쉬었다. 그는 지방에서 올라온

삼수생이었다. 강철과는 죽마고우라는데 한 군데도 닮은 곳이 없었다.

"그러게 왜 했어? 형 애마 가지고는 못 이긴다니까!"

답답했다. 너구리에게 통쾌하고 복수하고 싶지만 달리 방법이 없었다. 무엇 하나 자신의 뜻대로 할 수 없는 현실 때문에 미칠 것만 같았다.

"야, 자세한 이야기는 만나서 하자. 여기 한강인데 나와!"

"안 돼! 엄마 생일이어서 가족끼리 외식하기로 했어."

어머니 생일은 맞지만 외식 약속은 잡혀 있지 않았다. 누나가 미역국을 끓여서 아침상을 차려준 것으로 생일잔치는 끝난 셈이었다.

"그래? 뭐, 어쩔 수 없지."

"형, 미안해."

전화를 끊고 나니 미안했다. 술을 마시지 않더라도 가서 말동무나 해줄 걸, 후회가 되었다.

재하는 술이 싫었다. 술에 취하면 평소 같지 않게 오버 액션을 하는 것도 싫었고, 훌쩍거리며 우는 것도 싫었다. 특히 싫은 건 술이 깰 때였다. 두통도 두통이지만 견디기 힘든 것은 자신에 대한 초라함이 느껴질 때였다. 마치 시궁창에 빠진 한 마리 생쥐가 된 기분이었다.

편의점 앞을 지나는데 녹색 바이크가 불빛을 반사하고 있었다. 강철이 타고 다니는 닌자 250R이었다.

"야, 진짜 멋있다!"

재하는 편의점 안쪽을 기웃거리며 닌자를 향해 다가갔다. 키가 꽂혀 있고, 시동도 걸려 있었다. 이 정도 애마라면 너구리쯤은 쉽게 따돌릴 수 있을 텐데……. 양손으로 스로틀을 쥐고 너구리와의 가상 레이스를 상상해보았다. 너구리를 제치고 앞으로 총알처럼 튕겨 나가는 자신의 모습을 그려보니 가슴이 벅차올랐다. 그와 동시에 뜨거운 피가 머리로 몰렸다.

"어? 내, 내가 지금…… 무, 무슨 짓을 한 거야?"

제정신을 차렸을 때는 이미 바이크를 타고 도로를 질주하는 중이었다. 가로수와 가로등이 빠르게 등 뒤로 밀려갔다. 재하는 당혹스러웠다. 편의점을 나와 황당한 얼굴로 사방을 두리번거리고 있을 강철의 모습이 떠올랐다.

'어, 어떡하지? 이왕 엎질러진 물, 확 달아나버릴까?'

두려움이 너울처럼 밀려들었다. 스로틀을 쥐어짜자 호흡이 점점 가빠졌다. 스쳐가는 바람 속에서 아버지의 성난 음성이 들려왔다.

— 다른 건 몰라도 도둑질만은 절대 안 돼! 그건 가족들 얼굴에 똥칠을 하는 거야!

갈등하던 재하는 바이크를 획 돌렸다. 중앙선을 넘어서자 맞은편에서 달려오던 차가 급브레이크를 밟았다. 여기저기서 신경질적으로 클랙슨을 울려댔다. 바이크가 미끄러지면서 넘어질 듯 기울었다. 재하는 바이크를 일으켜 세우고는 부리나케 왔던 길을 되돌아갔다. 강철이 편의점에서 나오기 전에 제자리에 갖다 놓을 수 있을까? 입안이 바짝바짝 말라갔다.

다행히도 강철은 보이지 않았다. 바이크를 편의점 앞에 세우는 순간, 30대 초반의 낯선 사내가 달려와 재하의 멱살을 움켜쥐었다.

"잡았다, 도둑놈의 새끼!"

"이거 아저씨 거예요?"

"그래, 인마!"

"어? 철이 형 건데……."

"이게 어디서 되도 않는 수작이야? 너 이 새끼 콩밥을 먹어봐야 제정신을 차릴래?"

"아저씨, 그게 아니고……."

한창 실랑이를 하고 있는데 등 뒤에서 사이렌 소리가 점점 가깝게 들려왔다. 경찰차가 도로변에 멈춰 섰고, 정복 경찰관이 차에서 내렸다.

"어떤 분이 오토바이 도난 신고하셨죠?"

당황한 재하가 목소리를 낮춰 애원했다.

"아저씨, 잘못했어요. 한 번만 용서해주세요! 제발……."

사내는 들은 척도 하지 않았다.

"여기요! 제가 했습니다! 이놈이 바로 제 오토바이를 훔쳐서 달아난 도둑놈입니다!"

경찰관이 수갑을 꺼내들고 다가왔다. 재하는 너무 놀라서 두 팔을 번쩍 들어올렸다. 마치 농구공을 빼앗기지 않으려고 치켜들듯이. 재하보다 한 뼘이나 작은 경찰관이 다가와 까치발을 하고 팔을 잡아채더니 뒤로 꺾었다. 그런 다음 팔목에 수갑을 채웠다.

"오토바이 절도범으로 체포한다."

기겁한 재하는 항변할 생각도 못하고 경찰관과 바이크 주인의 얼굴만 번갈아가며 바라보았다. 경찰관이 팔을 잡아끌었다. 재하는 경찰차에 오르려다가 웅성거리는 소리에 주변을 둘러보았다. 언제 어디서 나타났는지 수많은 사람들이 자신을 에워싸고 있었다.

* * *

"저랑 친한 형 바이크인 줄 알았다니까요! 제가 훔칠 생각이었으면 타고 달아났지 왜 다시 돌아왔겠어요? 정말이에요! 제 말을 믿지 못하겠으면 가서 확인해보면 되잖아요?"

재하가 목이 쉬도록 변명을 늘어놓았지만 박 경장은 코웃음을 쳤다.

"이놈아, 세상에 핑계 없는 무덤은 없는 법이다!"

"정말이라니까요! 만약에 바이크 기종이든 색깔이든 단 한 가지라도 틀리면 저를 도둑놈으로 처넣으셔도 좋아요."

"너, 바보 아니냐? 지금 중요한 건 그게 아니야! 네가 저분 오토바이를 허락도 없이 훔쳐 탔고, 현장에서 체포됐다는 거 몰라? 네가 뭘 잘못했는지 아직도 감이 안 오냐?"

재하는 답답해서 미칠 것만 같았다. 물론 남의 바이크를 몰래 탄 건 잘못이지만 일이 이렇게까지 확대될 줄은 예상하지 못했던 터였다. 한창 입씨름을 하고 있는데 어머니와 누나가 뛰어들어왔다. 두 사람을 본 순간 가슴이 철렁 내려앉았다. 재하는 어머니와 눈이 마주치자 고개를 푹 숙였다. 행여 보일세라 수갑 찬 양손을 무릎 사이에 감추고 머리를 처박았다.

"경찰관님! 도대체 이게 무슨 일이래요?"

박 경장이 일어난 사건을 간략하게 설명했다. 그러자 어머니는 박 경장을 붙들고, 누나는 바이크 주인을 붙들고 용서를 빌기 시작했다.

어쩌다가 여기까지 온 걸까. 고통스러운 시간이었다. 차라리 사라지고 싶었다. 할 수만 있다면 시간을 훌쩍 뛰어넘어서 머나먼 미래로 가고 싶었다. 중년 아저씨가 돼도 좋고, 나이 든 할아버지가 돼도 상관없었다. 지금 이 순간만 아니라면!

책상 사이를 날아다니며 물총새가 울었다.

치잇쯔, 치잇쯔—.

누나의 간절한 호소가 먹힌 걸까. 바이크 주인이 박 경장에게 다가갔다.

"선처해주셨으면 합니다. 이 친구가 거짓말을 하는 것 같지는 않고, 누님 이야기를 들어보니 도둑질을 할 만큼 불량 청소년 같지도 않네요."

어머니가 반색했다.

"맞아요! 우리 재하는 절대로 도둑질할 아이가 아니에요."

미간을 찡그린 채 고민하던 박 경장이 벌떡 일어나 지구대 대장에게 다가갔다. 소곤거리며 의견을 주고받더니, 이내 되돌아왔다.

"똑같은 오토바이를 갖고 있다는 사람이 누구라고?"

"강철이라고⋯⋯. 아는 형이에요."

"주소 알아?"

"주소는 모르는데요."

"그럼 어디 사는지는 알아?"

재하가 "네" 하며, 고개를 끄덕였다. 경찰관이 펜과 종이를 내밀었다.

"여기에다 약도를 그려."

재하는 어머니의 눈치를 살피며 수갑 찬 손을 천천히 들어올렸다. 재하의 마음을 눈치챈 걸까, 차마 바라볼 용기가 없었던 걸까. 어머니가 고개를 외로 꼬았다. 종이와 펜을 받아들고 어머니를 등지고 돌아앉았다. 약도를 상세하게 그린 뒤 혹시 못 찾을까 봐 그 밑에 이름과 나이까지 적었다.

박 경장이 약도를 들고 나가자 지구대 안이 고요해졌다. 어머니는 수시로 한숨을 내쉬며 허공만 바라보았다. 재하는 고개를 폭 숙인 채 손목에 채워져 있는 수갑을 내려다보았다. 반짝이는 은빛 수갑을 내려다보고 있으니 평범한 삶이 얼마나 행복한지, 자유가 얼마나 소중한지 뼛속 깊이 느낄 수 있었다.

누나가 다가와서 재하의 어깨를 감쌌다.

"걱정하지 마. 모두 잘될 거야!"

순간 코끝이 찡해졌다. 재하의 어깨 위에서 물총새도 함께 울었다.

치잇쯔, 치잇쯔—.

재하는 눈물이 날 것만 같아 꼼짝하지 않고 수갑만 노려보았다. 오만 가지 생각이 떠올랐다. 강철이 닌자 250R을 타고 다니는 모습을 마지막으로 본 것이 두 달 전이었다. 만약 철이 형의 바이크가 닌자 250R이 아니면 어떡하지? 내가 다른 사람의 바이크와 착각한 거라면, 그땐 뭐라고 변명하지?

손바닥에 식은땀이 고였다. 수갑 찬 양손을 연신 비볐다. 살아온 날들보다 더 길게만 느껴지는 시간이 흐른 뒤에야 박 경장이 돌아왔다. 그는 지구대 대장과 짧게 이야기를 주고받은 뒤 어머니에게 다가갔다.

"동종 전과도 없고 피해자도 처벌을 원하지 않고, 진술도 일치하고, 학생의 장래도 있고 해서 이번만큼은 특별히 훈방 조치 하겠습니다."

"감사합니다!"

"정말 감사합니다!"

어머니와 누나가 벌떡 일어나서 경쟁하듯이 머리를 조아렸다. 박 경장이 허리춤에서 열쇠를 꺼내 수갑을 풀어주었다. 손목이 자유로워지자 비로소 자유의 몸이라는 사실이 실감났다.

"정말 감사합니다. 수고하세요!"

어머니는 연신 굽실거리며 지구대를 나섰다. 그러나 정문을 나서자 언제 그랬느냐는 듯이 표정이 싸늘하게 변했다. '어리석은 놈'이라거나 '바보 같은 놈'이라고 한마디 할 법도 하건만 어머니는 일절 말이 없었다. 묵묵히 무거운 발걸음을 옮길 뿐이었다. 오른쪽 무릎 관절이 좋지 않은지 다리를 조금씩 절뚝이면서. 부축해주기 위해 누나가 팔을 잡자 어머니는 슬그머니 손을 뿌리쳤다.

바지 주머니에 양손을 찔러 넣은 재하는 어머니와 누나의 뒤를 말없이 따랐다. 땅을 내려다보며 걷다 보니 불끈 오기가 치밀었다. 젠장, 그까짓 바이크 한 대 때문에 이게 무슨 망신이람! 내가 무슨 수를 써서라도 닌자 250R은 반드시 사고 말 테다!

5

"수고했다!"

사장이 주머니에서 반으로 접힌 1천 원짜리 지폐를 꺼내, 여섯 장을 세어서 건네주었다. 두 시간 동안 쉬지 않고 승용차를 세차한 대가였다. 재하는 세차장을 나섰다. 절로 한숨이 나왔다. '이래 가지고 어느 세월에 바이크를 사지?' 닌자 250R을 사려면 최소한 500만 원은 있어야 했다. 아르바이트로 한 달에 20만 원씩 모아도 꼬박 2년하고도 한 달이 더 걸렸다. 재하는 PC방 앞에서 걸음을 멈췄다. 30분만 게임을 하고 갈까 망설이다가 발길을 돌렸다. 힘들게 번 돈을 허망하게 날릴 수는 없었다. 토요일 오후였지만 마땅히 갈 곳이 없었다. 창수는 배달하고 있을 시간이었고, 친구들이나 문어 형은 학원에 있을 터였다. 그래도 주말인데 집구석에서 뒹굴 수는 없었다.

버스 정류장에 우두커니 앉아 있는데 벨이 울렸다. 누군가 싶어서 액정을 들여다보았더니 다연이었다. 전화를 받자 다연이 다짜고짜 물었다.

"재하야, 지난번에 두카티 999R 보고 싶다고 했지?"

"응……. 근데?"

"외삼촌이 허락했어."

"정말?"

"지금 올 수 있어?"

"거기 어디야?"

"평창동."

다연이 위치를 대략 알려 주었다.

'드디어 보는구나! 간절히 꿈꾸면 이루어진다더니…….'

재하는 설레는 마음으로 약속 장소로 갔다. 버스에서 내려 걷다 보니 다연이 말한 편의점이 나타났다. 편의점 앞에서 전화를 걸자 다연이 마중을 나왔다.

다연의 외삼촌 집은 북한산 밑 부촌에 위치하고 있었다. 주위를 둘러보며 재하는 기가 죽었다. 평창동이 잘사는 동네라는 사실은 알고 있었지만 막상 와 보니 눈이 휘둥그레졌다. 도도한 표정을 짓고 서 있는 거대한 주택들을 둘러보며 재하가 중얼거렸다.

"이런 곳에 사는 사람들은 도대체 어떤 사람들일까?"

다연이 말했다.

"글쎄? 부모에게 막대한 유산을 물려받았거나 3퍼센트 이내에 드는 성공을 거머쥔 사람들이겠지."

앞서 가던 다연이 육중한 대문 앞에서 걸음을 멈췄다. 유럽의 성을 연상시키는 길고 높은 담장을 올려다보고 있으니 위압감이 가슴을 짓눌렀다. 다연이 인터폰을 누르자 쪽문이 자동으로 열렸다. 재하는 다연을 따라서 안으로 들어갔다. 돌층계를 올라가니 정원이었다. 유럽의 성을 축소해놓은 것 같은 아름다운 2층집이 북한산을 배경으로 우뚝 서 있었다.

"와, 멋있다!"

다연이 싱긋 웃으며 물었다.

"들어가서 집 구경할래?"

"아냐, 됐어."

"그럼 잠깐 기다려!"

다연이 집안으로 들어간 사이 재하는 얼떨떨한 기분으로 집을 둘러보았다. 마당에는 잔디가 깔려 있고, 한쪽에 예쁜 파라솔이 놓여 있었다. 오른편 연못에서는 분수가 뿜어져 나왔고, 그리스로마 신화에 등장할 것 같은 인물과 동물 조각상이 우아한 자태를 뽐내고 있었다. 어울리지 않는 곳에 서 있자니 자꾸만 초라해지는 느낌이 들었다. 재하는 기분을 바꾸기 위해서 어깨를 활짝 폈다. 의자에 앉아 고개를 돌리니 서울 시내가 한눈에 내려다보였다. 재하는 바로 건너편에 있는 달동네에서 눈을 뗄 수가 없었다. 자신이 살고 있는 곳, 조개껍질을 뒤집어 대충 만든 공작물 같은 동네를 바라보고 있으니 종이배처럼 출렁이던 마음이 가라앉았다. 동네에 들어설 때 느꼈던 이질감의 정체를 비로소 알 것 같았다. 그것은 부러움이 뒤섞인 일종의 질투였다.

등 뒤에서 "안녕!" 하고 낯선 목소리가 들려왔다. 깜짝 놀라 몸을 일으키며 돌아보니 다연과 함께 미모의 여인이 서 있었다. 재하가 자리에서 일어나 주춤거리자

"우리 외숙모야."

다연이 소개를 했다.

"안녕하세요."

"네가 재하구나. 다연이에게 이야기 많이 들었어. 예상했던 것보다 키도 크고 훈남인걸."

재하는 모처럼 들어보는 칭찬에 얼굴을 붉혔다.

"외숙모도 참……. 얘가 훈남이라고? 정말?"

다연이 눈을 동그랗게 뜨고 외숙모를 바라보며 웃자, 외숙모도 미소 지었다. 한 폭의 그림 같은 풍경이었다.

***

다연이 지하로 내려가며 말했다.

"외삼촌이 미안하다고 전해 달래."

"뭐가?"

"원래는 외삼촌이 직접 보여주고 싶어 하셨는데 갑작스레 해외 출장을 가셨거든. 취미가 같은 동지가 생겼다고 무척 좋아하셨는데……."

충계를 내려가니 지하 차고였다. 재하가 어리둥절해 있는데 다연이 리모컨을 눌렀다. 한쪽 벽면이 스르르 열렸다. 벽의 스위치를 올리자 천장의 전등불이 일제히 켜지며 실내가 한눈에 들어왔다.

"우와!"

재하는 눈앞에 펼쳐진 광경에 입을 떡 벌렸다. 창고의 벽면에는 수많은 포스터가 붙어 있었다. 에어백까지 갖춘 혼다의 최고급 사양인 골드윙, 바이크 마니아라면 누구나 갖고 싶어 하는 할리 데이비슨, 100퍼센트 수작업으로 만들어 한정 생산하는 알렌 네스, 이태리 명품 두카티 · 아프릴리아 · 아구스타, 귀족적인 느낌이 물씬 풍기는 영국제 트라이엄프, 독일의 자랑 BMW……. 재하가 간절히 원했던 꿈의 바이크인 두카티 999R은 수많은 포스터에 둘러싸인 채 반짝반짝 빛을 발하고 있었다. 사진으로 보았을 때보다 훨씬 더 강력한 카리스마가 느껴졌다. 경외감이 느껴져서 차마 만져볼 수조차 없었다. 손을 대는 순간, 연기처럼 사라져버릴 것만 같았다. 넋을 잃고 바라보고 있는데 다연이 팔을 잡아끌었다.

"타봐!"

"어? 싫어!"

재하는 재빨리 손을 뿌리쳤다.

"괜찮아! 내가 핸드폰으로 사진 찍어줄 테니까 한번 앉아봐."

"그래도 싫어."

"왜?"

"내 게 아니니까."

재하가 정색을 하며 뒷걸음질 치자 다연의 눈이 커졌다.

"너도 참 별난 애다! 그럼 이리 와봐."

다연이 창고 한쪽에 놓여 있는 장식장으로 다가갔다. 한쪽 벽면을 차지한 장식장 안에 수많은 모형 바이크가 진열되어 있었다.

"이거 본 적 있어? 「꽃보다 남자」라는 드라마에서 윤지후가 탔던 MV 아구스타 F4야."

모형 바이크는 진짜를 축소시켜놓은 것처럼 정교했다.

"멋있다!"

"그치? 난 처음에는 바이크라면 눈에 불을 켜고 달려드는 외삼촌을 이해하지 못했어. 그런데 모형 바이크들을 보고 나서야 그 마음을 알겠더라구."

다연이 MV 아구스타 F4를 내려놓고 이번에는 핸들에서부터 앞바퀴까지 포크가 긴 할리 데이비슨을 꺼냈다. 외형은 물론이고 연료통의 페인팅까지 눈에 익었다.

"혹시 그거 영화 「이지 라이더Easy rider」에서 피터 폰다가 탔던……!"

"어, 네가 그걸 어떻게 알아?"

"영화에서 봤어."

"정말? 우리가 태어나기도 전에 만들어진 영화인데……."

"이럴 수가, 오리지널 할리 초퍼를 보게 되다니……!"

모형 바이크를 바라보고 있으니 영화 속 장면들이 떠올랐고, 심장이 마구 뛰었다. 재하가 1969년도 영화인 「이지 라이더」를 보게 된 것은 순전히 영화광인 누나 때문이었다. 「이지 라이더」는 피터 폰다와 데니스 호퍼가 할리 데이비슨을 타고 미국 서부에서 동부까지 여행하는 전형적인 로드무비였다. 그날 이후로 재하는 바이크에 완전히 매료되었다. 영화 속의 바이크는 이동하기 위한 기계장치라기보다는 하나의 깃발이었다. 자유와 젊음의 혼이 깃들어 있는 표상이었다.

"나는 이게 제일 마음에 들더라. 듬직하면서 세련되고……."

다연이 이번에는 반짝거리는 빛을 반사하고 있는 빨강 바이크를 꺼냈다.

"그건 뭐야?"

"두카티 데스모세디치 RR. 실제 바이크는 1천500대만 한정 생산한 뒤 세계 곳곳으로 팔려 나갔대."

재하는 문득 가격이 궁금해졌다.

"실제 바이크는 얼마쯤 할까?"

"외삼촌이 그러는데 1억쯤 한다더라."

재하는 순간, 귀를 의심했다.

"한 대 갖고 싶지 않니?"

재하는 아무 말도 할 수 없었다. 미치도록 갖고 싶었지만 아무리 몸부림쳐도 가질 수 없다는 걸 잘 알기 때문이었다.

다연이 모형 바이크를 제자리에다 내려놓으며 물었다.

"우리 외삼촌이 입버릇처럼 하는 말이 뭔 줄 알아?"

재하는 어깨를 으쓱하며 모형 바이크들을 하나하나 살폈다. 몸이 난쟁이처럼 작아질 수만 있다면, 올라타기만 해도 금세 차고를 벗어나 고속도로를 내달릴 것만 같은 생동감이 있었다.

"선택받는 삶을 살지 말고 선택하는 삶을 살아라!"

재하는 구부렸던 허리를 펴고 다연을 돌아보았다.

"선택하는 삶……?"

"외삼촌의 지론에 의하면 진정한 자유인이란 떠돌아다니는 여행자가 아니라 삶을 선택할 수 있는 사람이래. 내가 오늘 무슨 일을 할지, 누구와 함께 무엇을 먹을지, 영화를 볼지 연극을 볼지, 어디서 잠을 잘지 등등을 스스로 선택하며 사는 사람이 진짜 자유인이라는 거야!"

재하는 어머니와 누나를 차례대로 떠올렸다. 어머니는 그렇다 치더라도 누나 역시 선택하는 삶보다는 선택받는 삶에 가까웠다. 그렇다면 나는?

재하는 곰곰이 생각해보았다. 아무래도 선택받는 삶 쪽에 가까웠지만 엄밀히 따지면 아직까지는 방관자였다.

"선택하는 삶을 살려면 어떻게 해야 하는데?"

"첫 번째 단계는 마음의 결정을 내리는 거래. 이제부터 선택받는 삶이 아닌 선택하는 삶을 살겠다고!"

어떤 의미인지 어렴풋이 느낄 수는 있었지만 가슴에 와 닿지는 않았다.

"밤늦게 집에 들어가면 불부터 켜지? 마치 불을 밝히듯 마음의 스위치를 올리는 거야. 나는 이 순간부터 선택하는 삶을 살겠노라고."

"선택하는 삶을 살겠다는 결정을 내렸다 치고…… 그 다음에는 뭘 해야 하는데?"

"일곱 가지 미션!"

"뭐야, 전에 말했던 그거?"

재하는 실망스러웠다. 뭔가 새로운 세계가 펼쳐지길 기대하고 있었는데 이야기가 원점으로 돌아온 느낌이었다.

"넌 사람들이 꿈을 꾸고, 그 꿈을 이루고자 하는 이유가 뭐라고 생각하니?"

"글쎄, 자아실현?"

"넓은 의미에서 보면 물론 그렇지. 하지만 대다수가 꿈을 꾸고, 꿈을 이루려고 애쓰는 건 성공하기 위해서야! 바꿔 말하면 선택받는 삶이 아닌, 선택하는 삶을 살기 위해서지!"

문득, 지구대에 끌려가 수갑을 차고 경찰에게 취조 받던 때의 무력감이 되살아났다. 그때는 정말이지 아무것도 선택할 수 없었다. 억지로 밀어 넣어서 좁은 구멍을 틀어막는 헝겊 쪼가리가 된 기분이었다.

"정말 일곱 가지 미션을 수행하면…… 선택하는 삶을 살 수 있을까?"

"물론이지. 자, 그만 나가자!"

다연이 앞장서서 걸음을 옮겼다. 재하는 두카티 999R 옆에서 잠시 발을 멈췄다. 이제까지 보았던 그 무엇보다도 눈부시게 아름다웠다. 바이크를 몰고 도로를 질주하는 상상을 하자 머릿속이 뜨거워졌다. 선택하는 삶을 살게 된다면 바이크 한 대쯤은 선택할 수 있겠지? 언제가 될지 모르겠지만 그때가 되면 두카티 999R은 바이크의 전설이 되리라. 그래도 999R은 반드시 한번쯤 몰아보고 싶었다. 재하는 길게 심호흡을 한 뒤, 다연에게 성큼 다가갔다. 어깨를 나란히 하며, 목까지 차오른 말을 빠르게 토해 냈다.

"늦지 않았다면…… 나도 드림레이스를 해보고 싶어!"

드림레이스

서울의 밤풍경은 아름다웠다. 환하게 불을 밝힌 자동차들이 강물에 띄운 꽃등처럼 출렁이며 흘러갔다. 재하가 파라솔 아래에 앉아 기다리고 있으니 다연이 책가방을 메고 나왔다. 맞은편 플라스틱 의자에 앉으며 다연은 예쁘게 포장된 꾸러미를 내밀었다.

"뭐야?"

"선물. 뜯어봐."

포장지를 벗겨내니 검은 가죽 커버로 씌운 다이어리가 나왔다. 한눈에 보기에도 상당히 고급스러워 보였다.

"이건 왜 주는데?"

"그건 일종의 검이야. 드림레이서가 되려면 수많은 난관을 헤치고 나가야 해. 수시로 밀려드는 유혹을 이겨내야 하고, 게으름이나 귀차니즘처럼 과거로부터 되살아오는 악령들을 무찔러야 하지!"

정확히 이해할 수는 없지만 재하는 일단 고개를 끄덕였다.

"넌 임시 회원이야."

"정식 회원이 되려면 어떻게 해야 하는데?"

"일곱 가지 미션을 차례대로 수행해야지. 우리는 너의 미션 수행 과정을 지켜본 뒤에 가입 여부를 결정할 거야."

"심사 기준은?"

"세 가지야. 첫째는 열정, 둘째는 성실성, 셋째는 변화."

"변화?"

"미션을 수행하고 나면 누구나 변하게 돼. 조금 변할 수도 있고, 아주 많이 변할 수도 있어. 가급적 많이 변하는 게 좋아! 그건 곧 꾀부리지 않고 미션을 충실히 수행했다는 증거거든."

내가 과연 변하게 될까? 재하는 반신반의했다. 변화의 필요성은 절감하고 있지만 변신에 성공할 수 있을지는 여전히 미지수였다.

"첫 번째 미션은……."

다연이 말을 멈추고서 잠시 야경을 내려다보았다. 재하는 숨죽인 채 다음 말이 이어지기를 기다렸다.

"다음 주까지 다이어리 첫 장에다 '나의 일대기' 적어 오기!"

"일대기……? 그런 건 인생을 살 만큼 산 사람들이나 쓰는 거 아냐?"

"꿈을 이룬다는 건 사막 어딘가에 파묻혀 있는 보물을 캐내는 것과도 같아. 보물이 있는 곳을 찾아가려면 가장 중요한 게 뭐겠어? 바로 나침반이야! 나침반이 없으면 사막을 배회하다 어디에도 가지 못하고 사막에서 죽게 돼. '나의 일대기'는 일종의 나침반이야. 보물이 있는 곳과 함께 내가 앞으로 가야 할 방향을 알려주지."

"앞으로 살아갈 방향을 미리 적어오라는 거야?"

"전에 말했지? 3퍼센트 이내의 성공한 사람들은 '글로 쓴 뚜렷한 목표'를 갖고 있었다고. 성공의 비결은 복잡한 듯 보이지만 알고 보면 단순해! 나침반 하나가 성공이냐, 실패냐를 좌우하는 거야."

다연이 빙긋 웃으며 테이블에 기대어 턱을 괴며 중얼거렸다.

"아, 정말 궁금하다! 한재하란 인물은 과연 어떤 일생을 살게 될까?"

* * *

미션을 받고 나자 시간의 흐름이 빨라졌다. 시간은 순식간에 눈앞에서 사라졌지만, 일대기는커녕 단 한 줄도 쓸 수 없었다. 머리카락을 쥐어뜯으며 고민하고 있는데 한동안 얼굴도 보이지 않던 정태훈이 불쑥 찾아왔다.

태훈은 학교는 다르지만 절친한 친구였다. 중학교 때까지만
해도 창수와 함께 삼총사처럼 붙어 다녔다. 그런데 중학교를 졸
업하면서부터 만남이 뜸해졌다. 셋 중 공부를 가장 잘했던 창수
는 진학을 포기했고, 열등생이어서 '무뇌아'라고 불렸던 태훈은
고등학교에 들어가서 놀랍게도 우등생으로 변신했다.

다연을 만났다고 하자 태훈의 눈이 휘둥그레졌다.

"정말이야? 어머니의 이름으로 맹세할 수 있어?"

재하는 고개를 끄덕였다.

"우와! 사실이라면 보통 일이 아닌데……. 마침내 혼돈의 시
대가 가고 핑크빛 시대가 도래한 거야? 그런 거야?"

태훈은 제멋대로 상상하며 한껏 들떠 있었다. 재하는 일일이
대꾸하기도 번거로워서 혼자서 실컷 떠들도록 내버려두었다.

"야, 그런데 왜 이렇게 내 가슴이 허전하냐? 나도 모르는 사이
에 다연일 좋아했던 걸까?"

"나 원, 생 쇼를 해라, 생 쇼를 해!"

보다 못한 재하가 귀를 잡아당겼다. 태훈이 과장되게 '아아
아!' 하고 비명을 질렀다. 문득 한 가지 의문이 떠올랐다.

"아, 너 중학교 때 독서반이었지?"

"응. 근데?"

"혹시…… 드림레이스라고 들어봤어?"

갑자기 태훈의 표정이 사슴벌레의 등딱지처럼 딱딱하게 변하기 시작했다.

"들어봤구나?"라며 다그치자, 태훈이 빠르게 고개를 가로저었다.

"아니! 처음 듣는데."

"그래? 독서반인데 왜 모르지?"

"난 2학년 때까지만 활동했거든."

"그렇구나! 이거 비밀인데…… 너만 알고 있어."

재하가 목소리를 낮췄다.

"뭔데 그래? 걱정 말고 말해 봐. 나 입 무거운 거 알잖아?"

"뭐냐 하면……."

재하는 방문을 꼭 닫은 뒤, 다연의 만남부터 전 과정을 빠짐없이 들려주었다. 묵묵히 듣고 있던 태훈이 중얼거렸다.

"드림레이스라…… 멤버가 누군지는 몰라도 대단한 애들이네!"

"그렇지?"

"너한테 좋은 기회이기도 하고."

"그런데 미션이 만만치가 않아."

"어려울 게 뭐 있어! 자기의 일대기 쓰는 거라면서?"

"야, 일대기를 적으려면 학력도 그럴듯하게 적고, 번듯한 직업도 써야 할 거 아냐? 그런데 너도 알다시피 지금 내 성적이 톱

클래스잖아."

"물론 그렇지. 밑에서!"

"그런데 이 성적 갖고 무슨 대학을 가고 무슨 직업을 구하겠어? 그렇다고 우리 집안 형편에 가게나 하나 해보라고 턱하니 자금을 내줄 처지도 못 되고."

"음, 그건 그래."

"일대기를 쓰기 위해서 곰곰이 내 미래를 생각해봤는데 이대로 가면 백수 말곤 할 게 없더라. 방에 처박혀서 컴퓨터나 만지작거리며 평생을 보내겠지. 엄마의 잔소리를 배경음악 삼아서……."

그동안 머릿속에서 빠르게 번식해가던 생각들을 털어놓고 나니 기분이 울적해졌다.

"그럼 나의 일대기는 이런 거네! 한재하는 비록 부유하지는 않지만 화목한 가정에서 태어나 행복한 어린 시절을 보냈다. 중학교 때는 촉망받는 농구 유망주로 많은 사람들의 기대를 모았으나 무릎 부상으로 아쉽게도 운동선수의 꿈을 접었다. 그 뒤 꿈도 희망도 없이 하루하루를 살다가 고등학교를 졸업할 무렵부터 점점 폐인이 되어갔다. 그는 스스로 방문을 닫아걸고 컴퓨터를 벗 삼아 평생을 살았고, 그의 시체는 죽은 뒤 5년이 지나서야 이웃 주민들에 의해서 발견되었다."

일본 만화에 자주 등장하는 은둔형 외톨이인 히끼꼬모리. 재하는 한때 히끼꼬모리의 삶을 경멸했다. 그러나 이제는 그들의 삶을 이해할 수 있게 되었고, 누구라도 히끼꼬모리가 될 수 있겠다는 생각이 들었다.

태훈이 머리를 설레설레 흔들었다.

"야, 생각만 해도 끔찍하다!"

사회적 동물인 인간이 사회를 떠나서 살면 괴물이 될 수밖에 없다. 시간이 이대로 흘러간다면 그렇게 될 가능성 또한 배제할 수 없었다. 배를 타고 계곡을 내려가다 보면 자연스레 폭포를 만나듯이.

"걱정하지 마, 재하야! 쇼펜하우어가 널 위해서 이런 말을 남겼잖아. '과거를 돌아보지 말고, 희망을 가지고 새로운 목표를 향해서 나아가라!'"

태훈이 재하의 어깨를 툭 치며 힘주어 말했다.

"야, 기운 내! 스스로 만든 벽 안에 갇히는 건 바보나 하는 짓이야. 지금 일이 좀 안 풀린다고 해서 미래에도 실패하란 법이 어디 있어? 너도 알다시피 나 역시 중학교 때는 열등생이었지만 불과 1년 만에 변신에 성공했잖아? 너도 앞으로 어떻게 될지 아무도 몰라!"

순간 코끝이 찡해졌다. 농구를 그만둔 뒤로 누군가에게 이렇게 희망을 북돋아주는 말을 들어보기도 처음이었다.

"일단 과거는 묻어버려. 어제의 나와 작별하고 새로운 나를 만들어보는 거야!"

"새로운 나?"

"그래! 너의 꿈은 뭔데? 어떤 사람이 되고 싶은데?"

"사업가!"

사업가라는 꿈을 꾸기 시작한 것은 2년 전에 아버지가 세상을 떠나고, 생활 형편이 급격히 기울면서부터였다. 그러나 현실 가능성이 희박하다는 사실을 깨닫게 되면서부터는 그 꿈마저도 점점 잊혀졌다.

"사업가도 좋지! 그럼 네가 반드시 사업가가 되어야 하는 이유, 두 가지만 말해 봐."

"첫째는 나와 가족을 위해서고 둘째는 불우한 이웃을 위해서야. 많은 돈을 벌어서 어머니와 누나가 하고 싶은 것 마음껏 하게 해주고 싶어. 그리고 조금이라도 여유가 있다면 소년소녀 가장을 돕고 싶어. 야, 솔직히 창수처럼 머리 좋은 애가 가난 때문에 학업을 포기한다는 게 말이 되냐? 이건 개인적으로도 불행한 일이지만, 국가적으로도 큰 손실이야!"

"수익을 사회에 환원할 줄 아는 사업가라…… 멋진데!"

칭찬을 듣고 나니 알 수 없는 자신감이 생겼다.

"까짓것 죽기 살기로 덤벼든다면 못할 것도 없지, 뭐!"

"사업가로 성공하려면 전문 지식이 있어야 해. 박사 학위까지는 아니더라도 대학은 졸업해야 하지 않겠어?"

"그래? 그렇다면 가지 뭐! 지금부터라도 열심히 하면 가능하지 않을까?"

"물론이지! 그 정신을 계속 살려서 다시 너의 일대기를 써보는 거야."

태훈이 A4 용지와 함께 펜을 내밀었다. 재하는 생각을 가다듬은 뒤 '나의 일대기'를 써내려가기 시작했다.

*＊＊

…사춘기 시절 방황하기도 하였습니다. 그러나 인생의 전환점이 된 드림레이스에 가입하게 되면서 뒤늦게 학업에 전념하였습니다. 사업가로 성공하기로 결심한 한재하는 2013년 S대 경영학과에 입학하였고 2014년 1학기를 마친 뒤 입대하여 2016년 5월, 22개월 동안의 군복무를 무사히 마쳤습니다.

행여 누가 들을세라 재하는 조심스레 주의를 살폈다. 다행히도 관심을 갖고 귀를 기울이는 사람은 아무도 없었다. 다연은 음료수로 목을 축인 뒤, 계속해서 다이어리에 적힌 '한재하의 일대기'를 읽어 내려갔다.

한재하는 군대에서 받은 봉급과 6개월 동안 아르바이트를 해서 모은 돈으로 꿈도 키우고 외국어도 익히고, 안목도 넓힐 겸해서 6개월 동안 유럽을 떠돌며 배낭여행을 했습니다. 2017년 복학하였고, 2020년 우수한 성적으로 대학을 졸업하였습니다.

2020년 대기업인 OO물산에 입사하여 해외 수출파트에서 일을 배웠고, 2023년 서른 살에 결혼하였습니다. 2027년 직장을 그만두고 JH물산을 설립하면서 본격적인 사업에 뛰어들었습니다. 처음에는 일인 기업으로 시작하였으나 불과 10년이 지나지 않아서 한국 100대 기업에 진입하였습니다.

한재하는 직장 생활을 시작하면서부터 수입의 10퍼센트를 불우이웃 돕기에 사용하였고, 2043년 개인재산을 털어 장학재단을 설립하였습니다. 또한 전경련 회장을 역임하였으며, 유엔에서 '풍요를 함께 누리는 세계'라는 주제로 아프리카 난민모금을 위한 연설을 하였습니다. 2073년 80세의 나이에 숨을 거두었고, 그의 자서전은 꿈을 향해 달려가는 이들에게 깊은 감동을 주었습니다.

한재하는 아내에게는 좋은 남편이었으며 아이들에게는 자상한 아버지였습니다. 자유로운 영혼의 소유자였던 그는 바쁜 일상 가운데서도 바이크를 타며 자유를 만끽했습니다. 인생의 끝을 바라보면서, 후회 없는 인생을 살기 위해서 고민하였던 그의 삶은 오늘을 살아가는 많은 이들에게 좋은 본보기가 되고 있습니다. 그는 '자유로운 영혼을 지닌 아름다운 사업가'로 우리 모두의 가슴속에 영원히 기억될 겁니다……

다이어리를 덮은 다연이 살포시 눈을 감았다.

재하는 꼭꼭 숨고 싶었다. '전경련 회장을 역임하였으며'부터는 태훈이 거의 쓰다시피 했는데 듣고 있자니 얼굴이 화끈거렸다. 한참 뒤에 눈을 뜬 다연이 박수를 쳤다. 제과점 손님들이 일제히 돌아보았지만 다연은 개의치 않았다.

"너의 일대기를 읽는데 왜 나의 가슴이 떨리는 걸까? 아, 정말 멋진 인생이야!"

재하가 조심스럽게 물었다.

"그럼 첫 번째 미션은 통과한 거야?"

"당연하지! 재하야, 난 네가 반드시 훌륭한 사업가가 될 거라고 믿어."

재하는 멋쩍어서 뒤통수를 긁적거렸다. 다른 사람도 아닌 다연에게 칭찬을 들으니 기분이 묘했다. 고개를 돌려 창밖을 보았다. 따사로운 햇볕이 내리쬐고 있었다. 순간 밀랍으로 만든 날개를 달고 태양 가까이 날아갔다가 추락한 이카로스의 기분을 알 것 같았다. 날개만 있다면 날아오르고 싶었다. 구름을 뚫고 하늘 높이, 태양을 향해.

2

　재하는 책상에 걸터앉아 교정을 내려다보았다. 눈은 운동장 한편에서 농구하는 아이들을 향하고 있었지만 머릿속에서는 다연과의 대화가 고스란히 재생되고 있었다.

　"두 번째 미션은 중기 계획과 단기 계획을 세우는 거야."
　"중기 계획, 단기 계획의 차이는 뭐야?"
　"예를 들면 이런 거야. 세계 정상급 마라토너들은 42.195킬로미터를 몇 개 구간으로 나눠서 달린대. 만약 여덟 개 구간으로 나눈다면 제1구간인 5킬로미터는 몇 분 몇 초에 달리고, 제2구간인 10킬로미터까지는 몇 분 몇 초에 달린다고 계획을 짜는 거지. 예를 들어서 첫 번째 5킬로미터를 15분 플랫에 달려야겠다고 계획을 세웠다면 1킬로미터당 몇 분에 달려야 해?"

"3분!"

"맞아. 단기 계획이란 1킬로미터를 3분에 달리는 거야. 중기 계획은 5킬로미터를 15분에 달리는 거고. 장기 계획이란 중기 계획들이 모여서 이루어진 전체 기록이야."

"물방울이 모여서 시냇물 되고, 시냇물이 모여서 강물이 되는 것처럼?"

"그래! 1킬로미터를 3분 이내에 달리지 못하면 5킬로미터를 15분에 달릴 수 없듯이 단기 계획은 반드시 실천해야만 하는 당면 과제야. 무슨 뜻인지 알겠지?"

재하는 고개를 끄덕였다. 목표를 이루기 위해서는 세밀한 중기 계획과 단기 계획이 필요하다는 사실은 납득할 수 있었다. 그러나 재하는 계획을 짤 수가 없었다. 그전에 먼저 해결해야 할 문제가 있었다.

'내가 과연 대학엘 갈 수 있을까? 아니, 우리 집 형편을 고려해 볼 때, 내가 대학엘 가도 되는 걸까? 이미 대학을 다니던 누나도 학비가 없어서 자퇴했는데, 내가 대학엘 간다는 건 나만 잘되면 그만이라는 식의 이기적인 생각은 아닐까?'

고등학교에 진학하면서부터 막연하게 생각해왔던 문제였다. 그러나 더는 인생을 방치할 수 없었다. 앞으로 나아가기 위해서는 어떤 식으로든 결론을 내려야 했다. 그렇다고 가족의 희생을 발판 삼아서 성공하고 싶지는 않았다. 어머니나 누나에게도 그들만의 삶을 살아갈 권리가 있었다.

"야, 오탄!"

귀에 익은 목소리에 고개를 들었다. 유리창에 비친 모습을 얼핏 보니, 아마추어 농구팀인 '트로이' 멤버들이었다. '오탄'이란 별명은 오랑우탄을 줄인 것으로써 재하의 팔이 길어서 붙은 별명이었다.

주장인 김덕수가 농구공을 재하에게 던졌다.

"야, 가자! 눈먼 돈 주우러."

재하가 공을 얼떨결에 받으며 물었다.

"눈먼 돈?"

"대창고 애들이 도전해왔어. 3만 원 내기!"

대창고는 태훈이 다니는 학교였다. 설립된 지는 얼마 되지 않았지만 신흥 명문고로 급부상하고 있었다.

재하는 공을 다시 덕수에게 던져주었다.

"오늘은 안 돼! 약속 있어."

사실 재하는 농구에 더 이상 미련이 없었다. 아이들과 어울려 몇 차례 농구를 한 것도 농구가 좋아서라기보다는 외톨이를 면하기 위해서였다.

덕수가 난감한 표정을 지었다.

"우린 너만 믿었는데……."

"트로이는 막강하잖아? 나 없이도 충분히 이길 수 있을 거야."

재하의 말은 진심이었다. 트로이는 학교에서 제일 농구를 잘하는 아이들이 모여서 만든 팀이었다. 정규 선수들처럼 체계적인 훈련을 받지 않아서 그렇지, 밥 먹고 농구만 하는 아이들이었다. 개중에는 한두 가지 약점만 보완한다면 선수로 뛰어도 될 만큼 재능 있는 아이들도 있었다.

"그럼 스몰 포워드는 누굴 세우지?"

"진성이 어때? 걔는 체력만 기르면 정말 잘할 거야!"

신장이 165센티미터인 진성은 트로이에서 체구가 가장 작았다. 그런 진성이 세상에서 가장 존경하는 인물은 160센티미터로 NBA 최단신 선수였던 타이론 보그스였다. 진성 역시 보그스처럼 화려한 드리블에 훌륭한 슛 감각을 지니고 있었지만 체력이 약하고 자신감도 부족했다.

"진성인 약속 있다고 먼저 갔어! 네가 뛸 줄 알고 붙잡지도 않았지!"

"난 다시 농구하기 힘들 것 같아."

"왜? 무릎이 안 좋아서?"

"무릎도 그렇고……. 그냥 그런 예감이 들어."

재하는 어깨를 으쓱하고는 운동장을 내려다보았다. 멀리서 슛한 공이 림을 따라 빙그르르 돌다가 안으로 쏘옥 들어갔다. 슛한 아이가 두 주먹을 불끈 쥐고 펄쩍펄쩍 뛰었다. 마치 중요한 경기에서 승리하기라도 한 듯이.

* * *

"우리 아들이 웬일이야?"

가게로 들어서자 어머니의 두 눈이 휘둥그레졌다.

재하가 가게 안까지 들어온 것은 가게 개업식 이후로 처음이었다. 창피해서라기보다는 어머니에게 왠지 모르게 미안했기 때문이었다.

"배고프지? 잠깐만 기다려."

"됐어, 엄마!"

재하가 만류했지만 어머니는 들은 체도 하지 않고 김이 모락모락 나는 순대를 빠른 손놀림으로 썰기 시작했다.

의자에 걸터앉으며 대여섯 평 남짓한 가게 안을 둘러보았다. 손님은 구석진 테이블에서 수다를 떨고 있는 여학생 두 명이 전부였다. 눈길이 마주치자 여학생들은 머쓱했는지 주섬주섬 짐을 챙겨들고 일어났다.

"여기요!"

한 여학생이 지갑에서 1천 원짜리 두 장을 꺼내 어머니에게 건넸다. 어머니는 재빨리 비닐장갑을 벗고 두 손을 내밀었다. '돈을 주고받을 때는 항상 두 손을 사용한다'는 것은 어머니가 장사를 시작하면서 세운 몇 가지 원칙 가운데 하나였다.

잠시 후 어머니가 순대와 떡볶이, 어묵을 갖고 왔다.

"뭐가 이렇게 많아?"

"보기에는 많아 보여도 먹으면 얼마 안 돼. 한창 클 땐데 이 정도는 먹어야지!"

"엄마, 아들한테 장사하려고 그래?"

"그래, 이놈아! 아들한테 장사해서 갑부 되려고 그런다."

어머니가 손바닥으로 등짝을 사정없이 내리쳤다.

"아, 아파! 손님을 때리는 법이 어디 있어, 요즘 세상엔 손님이 왕인 거 몰라?"

"왕도 맞을 짓을 하면 맞아야지!"

어머니가 볼을 가볍게 쥐고 흔들다가 손에 젓가락을 쥐어주었다.

"우리 왕자님, 많이 드세요!"

"여왕폐하도 드시죠?"

"난 썰다가 몇 점 주워 먹었더니 배불러. 내 걱정은 하지 말고 많이 먹어."

재하는 출출하지는 않았지만 순대와 떡볶이, 어묵을 열심히 먹었다. 한참 먹다 보니 아니나 다를까 어머니가 뿌듯한 눈길로 바라보고 있었다.

망설이던 재하가 용기를 내서 물었다.

"엄마, 나 대학 가는 거 어떻게 생각해?"

"그게 무슨 소리야? 어떻게 생각하냐니?"

"솔직히…… 집안 형편도 예전 같지 않잖아. 학비도 만만치 않고……. 취직하기 전에 군대도 갔다 와야 하는데……."

"재하야, 쓸데없는 걱정 말고 공부나 열심히 해! 네 학비는 엄마가 무슨 수를 써서라도 댈 테니까!"

재하는 슬며시 젓가락을 내려놓았다.

"엄마 마음은 아는데 현실은 현실이잖아. 우리 집 형편에 내가 대학에다 등록금을 갖다 바치는 건 낭비인 거 같아."

"그건 낭비가 아니라 투자야. 미래에 대한 투자!"

어머니가 돌아앉더니 두툼한 손지갑을 끌어당겼다. 모퉁이는 닳아 실밥이 터지고, 똑딱 단추는 고장난 낡을 대로 낡은 지갑이었다. 어머니는 지갑을 열고 수첩을 꺼내 재하 앞에 내려놓았다.

"이게 뭐야?"

"네 대학 학비! 아직은 많이 못 모았어. 하지만 네가 대학 갈 때쯤 되면 충분할 거야."

재하는 조심스레 수첩을 펼쳐보았다. 볼펜으로 날짜가 적혀 있고, 그 위에 빨간 도장이 찍혀 있었다. 페이지에 도장이 가득했다.

"하루에 1만 5천 원씩 적금을 부은 거야!"

앞뒤로 페이지를 넘겨보았지만 마찬가지였다. 도장의 행렬은 도대체 어디까지 이어진 걸까. 수첩을 넘기다 보니 까닭 모를 눈물이 핑 돌았다. 그것은 도장이 아니라 어머니의 소중한 하루하루였고, 어머니가 묵묵히 걸어온 길이었다. 그 길을 힘겹게 걸어가고 있는 어머니의 뒷모습이 보일 듯 말 듯했다.

가슴속에서 물총새가 울었다.

치잇쯔, 치잇쯔―.

"내가 사십 넘는 인생을 살아오면서 가장 힘들었던 순간이 언제인 줄 아니? 은하가 대학을 자퇴하겠다고 했을 때야. 네 아빠가 돌아가신 뒤 처음으로 마주친 현실이었지. 그때 참 많이 울었어. 엄마는 그때까지만 해도 나이만 많이 먹었지 철부지나 다름없었거든. 집에서 살림하며 돈 쓸 줄만 알았지, 한 번도 내 손으로 돈을 벌어본 적이 없었으니까. 왜 이렇게 바보처럼 살았을까, 자책도 많이 했어. 그러다 우여곡절 끝에 이 가게를 하게 됐는데, 그 적금은 가게를 연 바로 다음 날 가입한 거야. 너만은 돈이 없어서 하고 싶은 공부를 중단시키는 일이 없게 하겠다고 다짐하고 또 다짐했거든."

재하는 어머니의 손을 잡았다.

"엄마, 고마워!"

어머니가 쑥스러운지 웃으며 손을 빼려고 했다. 재하는 움켜쥔 손아귀에 힘을 주었다.

"나, 공부에 한번 미쳐보려고 해! 힘들어도 조금만 참아. 내가 반드시 호강시켜줄게. 세계 여행도 시켜주고, 엄마 갖고 싶은 거 다 사줄게!"

"아이고, 오늘 내 귀가 호강하네! 아이고, 내 자식, 내친 김에 한번 안아보자."

어머니가 양팔을 활짝 벌렸다. 재하도 두 팔을 벌리고 어머니를 끌어안았다.

무심코 포옹하고 나니 가슴이 서늘해졌다. 언제 이렇게 왜소해진 걸까. 어렸을 때는 펼쳐놓은 이부자리처럼 넓고 포근했던 어머니의 품이건만 가슴에 쏙 들어왔다. 어머니가 아닌, 몸집이 작지만 아둥바둥 살아가는 중년 여인을 안은 느낌이었다.

"재하야, 엄마가 하루 중에 가장 기쁜 날이 언제인 줄 아니? 새마을금고 아가씨가 찾아와서 수첩에 도장을 꾹 찍어줄 때야! 너도 꿈이 있겠지만 엄마의 꿈은 아빠 몫까지 해서 너를 훌륭하게 키우는 거야. 그러니 엄마 때문에 가슴 아파하지 않아도 돼. 엄마가 다른 건 몰라도 체력 하나는 끝내주잖아? 이 정도 일쯤은 끄떡없어."

'거짓말! 무릎도 안 좋은 데다가 틈만 나면 꾸벅꾸벅 졸면서……'

재하는 입안의 말을 혀로 굴리다가 꿀꺽 삼켰다. 대신 어머니를 꼭 끌어안았다. 오랜만의 포옹은 낯설었다. 그리고…… 슬펐다.

* * *

책상에 앉아 달력을 뚫어져라 바라보았다. 한 해를 시작한 지가 엊그제 같은데 훌쩍 반년이 지나 있었다.

'수능까지 2년 6개월쯤 남았군. 과연 나의 일대기에 적어놓은 대로 S대에 갈 수 있을까?'

재하는 중기 계획서를 짜기 전에 지금의 위치를 점검해보았다. 1학년 1학기 중간고사 성적은 42명 중 40등이었다. 전교 등수는 423명 중 402등. S대에 가려면 반에서 1등을 해야 하고, 전교 10등 안에는 무조건 들어야 했다.

"반에서 1등이라……. 낙타가 바늘구멍에 들어가기보다 더 어렵겠군."

현실적으로 실현 불가능해 보였다. 목표 대학을 한 단계 낮출까 고민하고 있는데 다연의 목소리가 불쑥 들려왔다.

— 난 네가 반드시 훌륭한 사업가가 될 거라고 믿어.

정신이 번쩍 들었다. 재하는 갈등을 접었다.

"그래! 훌륭한 사업가가 되려면 이 정도 난관쯤은 이겨낼 수 있어야지!"

목표 대학을 S대로 결정하고 나니 가슴이 후련했다. 중기 계획서를 학기별로 나누었다. 수능까지 여섯 단계 목표가 생긴 셈이었다. 그 사이에 중간고사를 끼워 넣으니 모두 11단계가 되었다. 이제는 단계별 목표를 설정할 때였다.

"1차 목표는 학기말 성적 최대한 올리기! 날밤을 까는 한이 있더라도."

벼락치기를 하면 분명 성적은 오를 터였다. 예전에도 중간고사를 볼 때 밤을 새기는 했지만 그때는 게임을 하기 위해서였다.

"몇 등이나 올릴 수 있을까?"

경쟁은 하위권에서보다 상위권으로 올라갈수록 점점 치열해질 게 분명했다. 재하는 고민하다 1차 목표를 30등으로 정했다. 죽어라 공부하면 가능할 것도 같았다.

"첫술에 배부를 수야 없지! 문제는 2학기인데…… 2학기에는 외계인들이 단체로 우리 반으로 전학을 온다고 해도 10등 안에는 꼭 들어야 해!"

재하는 2학기 목표를 반에서 8등, 전교 등수 80등으로 정했다. 처음에는 공부하는 데 적응이 안 되어서 고전하겠지만 두 번째 목표까지만 달성하면 반은 성공한 셈이었다. 그 다음부터는 가속도가 붙어서 한결 수월할 터였다.

재하는 층계를 오르는 기분으로 하나씩 중기 목표를 세워 나갔다. 중기 목표가 모두 완성되자 마음이 조급해졌다. 당장 보름 뒤에 보게 될 학기말 고사가 걱정이었다. 이제는 단기 계획서를 세울 차례였다. 차근차근 날짜와 시간을 배분해서 학습 계획을 짜기 시작했다.

3

급히 버스 정류장을 향해 달려가고 있는데 누군가 불쑥 앞으로 뛰어들었다. 깜짝 놀라 멈춰 보니 저바다였다.

"재하 형, 우리 언제 바다에 가?"

"다음에!"

재하가 다시 달려가는데 저바다가 등 뒤에서 소리쳤다.

"형! 다음은 몇 밤 자야 오는데?"

"글쎄? 이모부에게 물어봐!"

정류장에 도착하니 버스가 막 출발하고 있었다. 달려가면서 손바닥으로 버스의 뒷부분을 다급히 두드렸다. 그대로 가나 보다 했는데 몇 미터 가더니 끽, 하고 멈춰 섰다. 재하는 허겁지겁 버스에 올라탔다. 시계를 보니 다연과의 약속 시간까지 얼마 남지 않았다.

빈자리에 앉자 이마에서 굵은 땀방울이 주르륵 흘러내렸다. 창문을 활짝 열었다. 후텁지근한 바람이 불었다. 손으로 부채질을 하다가 분위기가 이상해서 주변을 둘러보았다. 승객들이 힐끔거리면서 눈총을 주었다. 재하는 그제야 에어컨이 켜져 있다는 사실을 깨닫고 창문을 닫았다.

빠르게 스쳐 지나가는 도시 풍경을 무심코 바라보고 있으니 저바다의 얼굴이 떠올랐다. 문득, '다음은 언제 찾아올까?' 하는 의문이 들었다. '다음'은 세월이 흐르면 어른이 되듯이 그렇게 저절로 찾아오는 걸까?

* * *

재하는 경비실을 힐끔거리며 교문으로 들어섰다. 귀를 쫑긋 세운 채 걸음을 빨리했다. 경비원이 '너, 이 학교 학생 아니지?' 하며 뒷덜미를 낚아챌 것만 같아 불안했다.

방학인데도 교정에는 수많은 대학생들이 오가고 있었다. 재하는 맞은편에서 다가오는 이들을 유심히 살펴보았다. 특별할 것 없는 옷차림에 특별할 것 없는 생김새였다. 그럼에도 불구하고 왠지 자신감이 넘쳐 보였고, 멋있어 보였다.

'이 기분은 뭐야?'

멋진 양복을 차려 입은 신사들의 모임에 기웃거리는 농부가 된 느낌이라고나 할까. 재하는 위축감을 떨쳐버리기 위해서 어깨를 활짝 폈다.

'내가 과연 이 학교 학생이 될 수 있을까?'

1차 목표는 학기말 고사에서 가까스로 달성했다. 가야 할 길은 멀었지만 그렇다고 불가능한 것도 아니었다. 지금은 아득해 보이지만 목표를 향해서 한발 한발 내딛다 보면 머지않아 목적지에 도착할 터였다.

도서관 건물은 아름다웠다. 아무나 접근할 수 없는 성역 같아서 차마 발을 들일 수가 없었다. 재하는 도서관 층계에 걸터앉아 도착했음을 알리는 문자를 보냈다.

잠시 뒤 다연이 도서관에서 나왔다. 재하는 참았던 불평을 터뜨렸다.

"하고많은 장소를 놔두고 왜 하필이면 여기야? 에어컨 빵빵하게 틀어놓은 은행 같은 데서 만나면 좋잖아?"

다연이 옆에 앉았다.

"구경이나 하라고. 어차피 우리 모교가 될 곳이니까."

"우리 모교?"

다연이 당연한 것 가지고 뭘 그렇게 놀라느냐는 표정을 지어 보였다.

'그래! 어차피 뽑은 칼, 끝장을 보자!'

재하는 세월이 흘러 대학생이 되었다고 생각하고 주변을 천천히 둘러보았다. 낯설기만 했던 풍경들이 그제야 친근하게 다가왔다.

"들어가자! 내가 구경시켜줄게."

건물 안으로 들어가니 도서관을 이용하는 학생들을 위한 별도의 라운지가 있었다. 학생들이 커피나 음료수 등을 마시며 잡담을 나누고 있었다.

"여기서 잠깐 기다려."

다연이 품 안에서 전자 카드를 꺼내 도서관 안으로 들어갔다. 사서와 잠시 대화를 나누더니 다가왔다.

"들어와!"

그녀가 한쪽에 닫혀 있던 작은 문을 열어주었다.

"그건 뭐야?"

재하가 다연이 손에 들고 있는 전자 카드를 턱으로 가리키며 물었다.

"아, 이거? 도서관 열람권. 난 가끔 여기 와서 공부해."

"어떻게? 외부인도 이용할 수 있어?"

"우리 아빠가 이 학교 졸업생이야. 아빠가 학교에 발전기금을 내서 학교 측에서 감사의 의미로 발급해준 거야. 너도 여기서 공부할래? 내가 알아봐줄게."

"아냐, 됐어. 난 집이 편해."

도서관은 냉방이 잘 되어서 시원했다. 수많은 학생들이 책을 읽거나 공부를 하고 있었다. 하나같이 진지해 보였고, 멋있어 보였다. 책에 얼굴을 묻은 채 침을 질질 흘리며 잠들어 있는 여학생마저 예뻐 보였다. 재하는 머리를 좌우로 흔들었다.

'요즘 내가 악귀가 씐 게 분명해! 책벌레들이 레이서나 프로게이머보다 훨씬 더 멋있어 보이다니……!'

책장 사이를 거닐며 서가에 꽂힌 수많은 책을 훑어보았다. 똑같은 책인데도 시립 도서관의 책하고는 느낌이 달랐다. 수재들의 손때가 묻었기 때문일까. 쉽게 구할 수 없는 무림武林의 비서秘書 같았다.

도서관을 거쳐 미술관, 박물관, 스포츠센터 등을 차례대로 구경했다. 캠퍼스가 넓어서 돌아다니다 보니 배도 고프고 지쳤다. 연못가를 지나는데 풀벌레 소리가 정겹게 들려왔다.

다연이 울창한 나무 그늘로 들어갔다.

"좀 쉬었다 가자!"

"좋지!"

재하는 잔디밭에 벌렁 드러누웠다. 시원한 나무 그늘에서 요란한 매미울음 소리를 듣고 있으니 천국에 온 기분이었다.

"모교를 돌아본 기분이 어때?"

"음…… 걱정 반, 부러움 반?"

"걱정할 것도 없고, 부러워할 것도 없어. 이곳은 우리의 최종 목적지가 아니라 잠시 머물다 가야 할 곳이니까."

"그렇다면 이곳은 정상 탈환을 위한 베이스캠프네?"

"그런 셈이지!"

다연이 가지런한 치아를 드러내며 싱긋 미소를 지었다. 순간 더위가 싹 가시는 느낌이 들었다.

"이 학교 졸업생들은 고등학교 성적으로는 확실하게 3퍼센트 이내에 들었어. 하지만 이들 가운데 상당수가 사회적으로 성공한 3퍼센트 이내에 드는 데는 실패하지. 그렇기 때문에 여기 있는 이 선배들은 우리의 역할 모델이 아냐."

문득 '학교에서 우등생이라고 해서 사회의 우등생이 되는 건 아니다'라는 말이 떠올랐다.

"왜 그런 걸까? 머리도 좋고, 성실하고, 열정적인데…….."

"이유야 많겠지만 가장 큰 이유는 목표 의식이 없기 때문이 아닐까?"

재하는 선뜻 이해가 되지 않았다.

"공부를 잘하려면 목표 의식도 분명해야 하는 거 아냐?"

"그건 맞아! 하지만 문제는 목표가 자신의 꿈에 맞춰져 있지 않고 오로지 'S대 합격'에 맞춰져 있다는 데 있어. 그러다 보니 거기서 게임 끝! 공부는 잘했지만 성공에 필요한 다른 요소들은 갖추지 못한 거지."

"지나친 편식으로 영양의 불균형을 초래한 꼴이네. 그렇다면 우리가 굳이 이 대학을 고집할 필요는 없잖아?"

"그렇지! 대학이란 자신의 꿈을 이루기 위한, 네 표현대로 말하자면 정상 탈환을 위한 중간 기지일 뿐이야. 하지만 자신의 꿈을 정복하는 데 있어서 더 유리한 곳이 있다면 당연히 그곳을 선택해야지!"

"그렇다고는 해도 요즘 부모님들의 모습을 보면, 단순한 베이스캠프일 뿐인 대학에 지나치게 안달하는 것 같지 않아?"

"베이스캠프로서의 가치를 과대평가하고 있기 때문이야. 사회 지도층 가운데 상당수가 이 학교 출신이거든. 그래서 자식이 이 학교에 입학하면 성공한 거나 진배없다고 받아들이는 거지. 사실은 입학했을 때가 진짜 시작인데 말이야."

재하는 외가에 갔을 때 마을 입구에 걸려 있던 현수막을 떠올렸다. S대 합격을 축하하는 내용이었는데, 외숙모의 말에 의하면 그 집 부모가 한바탕 잔치까지 벌였다고 했다.

"열심히 공부한 학생들이 사회에 나가서 성공해야 정의로운 사회 아닌가?"

"물론이지! 하지만 세계 어느 나라를 보더라도 학교 우등생과 사회 우등생이 정확히 일치하지는 않아. 한국은 그 정도가 좀 심한 편인 거고……."

"한국이 다른 나라보다 심하다고?"

"재미교포가 작성한 컬럼비아대학교 박사학위 논문을 보면 재미있는 통계가 나와. 1985년부터 2007년까지 아이비리그를 포함해서 미국의 열네 군데 명문대학에 입학한 한국인 학생 1천400명을 조사해봤더니, 졸업생은 56퍼센트에 불과하더라는 거야. 바꿔 말하면 44퍼센트가 중도 탈락한 셈이지."

"다른 나라 학생들의 중퇴율은?"

"같은 기간 동안 미국 학생들의 중퇴율은 34퍼센트, 중국인은 25퍼센트, 인도인은 21.5퍼센트, 유대인은 12.5퍼센트야."

재하가 깜짝 놀라서 물었다.

"한국 학생들의 중퇴율이 다른 민족에 비해 월등히 높네. 정말 아깝다! 머리에 쥐가 나도록 공부해서 어렵게 들어간 대학일 텐데⋯⋯."

다연이 어른스러운 표정을 지으며 말했다.

"입시 위주의 교육이 낳은 병폐 때문이지."

"입시 위주의 교육? 그럼 외국 학생들은 어떻게 고교 시절을 보내는데?"

"한국 학생들은 자는 시간 빼고는 하루의 대부분을 공부에 투자하잖아? 그런데 미국 학생들은 공부에 반, 봉사활동 같은 과외 활동에 반을 투자한대."

"음⋯⋯ 죽어라 공부만 하는 것도 좋은 건 아니군."

"44퍼센트의 중도 탈락이 의미하는 게 뭐겠어? 한국의 교육 제도가 학습능력 향상에 치중하다 보니 다른 나라 학생들에 비해서 사회 적응력이 현저히 떨어진다는 증거야. 도전력도 부족하고, 실패를 딛고 일어서려는 끈기도 부족한 거지."

다연의 말은 다소 충격이었다. S대에만 합격하면 순풍에 돛을 단 듯이 성공가도를 달릴 줄 알았는데 뜻밖의 복병을 만난 셈이었다.

"그게 사실이라면 문제가 심각한 거 아냐? 한국의 입시제도가 사회적인 성공과는 별개로 운영되고 있다는 거잖아?"

"별개라기보다는 괴리감이 크다고 볼 수 있겠지. 외삼촌이 그러는데, 사회적으로 성공하기 위해서는 생각만 하는 햄릿형이어서도 곤란하고, 무작정 부딪치고 보는 돈키호테형이어서도 곤란하대. 이론과 실천이 적절히 조화를 이루어야 하는데 현재 입시제도는 햄릿형 인간만을 양산하고 있다는 거야."

수긍이 가는 이야기였다. 재하는 비로소 도서반 아이들이 왜 드림레이스를 시작했는지, 드림레이스가 어떤 중요한 의미를 갖고 있는지 알 것 같았다. 학교 우등생이 사회 우등생이 되는 사회라면 아까운 시간을 낭비해가며 일곱 가지 미션을 수행할 이유가 없었다.

"세 번째 미션은 뭐야?"

"이따가 말해줄게! 먼저 들러야 할 데가 있어."

주차장 쪽으로 내려가니 뜻밖에도 고급 세단이 대기하고 있었다. 돌고래처럼 매끈하면서도 우아한 승용차였다.

"아빠가 출장 가면서 특별히 허락하셨어. 오늘 하루만큼은 내 마음대로 써도 된다고."

양복을 입은 중년 신사가 차 문을 열어주었다.

"타시죠, 아가씨."

"고마워요."

다연이 뒷좌석에 올라탔다. 재하는 허리 숙여 깍듯하게 인사를 한 뒤 차에 올랐다.

차 안은 안락하고 시원했다. 버스처럼 덜컹거리지도 않았고 외부 소음도 일절 들리지 않았다. 마치 둥둥 떠다니는 비눗방울 속에 들어와 있는 기분이었다.

좌석에 엉덩이만 걸치고 긴장한 채 앉아 있는 모습이 눈에 거슬렸던 걸까.

"편하게 기대. 긴장할 필요 없어."

재하는 그제야 등받이에 깊숙이 몸을 묻었다. 몸도 마음도 한결 편했다. 등받이에 머리를 대고 있으니 그제야 클래식 선율이 귀에 들어왔다.

"지금 흘러나오는 음악은 뭐야?"

"무소르크스키의 「전람회의 그림」. 내가 좋아하는 곡이야."

재하는 눈을 감고 선율을 따라갔다. 승용차는 오선지 위를 달리듯 부드럽게 앞으로 나아갔다.

잔잔하게 흐르던 음악이 조금씩 빨라졌다. 불쑥 바이크를 타고 승용차 사이를 위태로이 질주하는 모습, 수갑을 찬 채 형사 앞에서 취조를 받던 기억이 연이어 떠올랐다. 더 이상 생각하고 싶지 않아 머리를 흔들어 털어버리고 난 뒤 길게 심호흡을 했다.

빨라졌던 음악이 다시 라르고로 바뀌자 풍경도 바뀌었다. 밤을 새며 공부하는 모습이 떠올랐고, S대에 합격해서 환호하는 모습, 직장을 다니는 모습, 결혼하는 모습, 활기차게 사업을 시작하는 모습 등이 떠올랐다. 마치 나의 일대기를 제작한 영화 한 편을 본 기분이었다.

'나쁘지 않은데……?'

뜨거운 열기가 가슴속 깊은 곳에서 솟구쳐 올랐다. 꿈을 성취해 나간다는 것이 어떤 기분인지 어렴풋이나마 알 수 있을 것 같았다.

"자니? 다 왔는데……."

눈을 뜨니 차가 멎어 있었다. 도어맨이 차 문을 열어주었다. 다연을 따라 재하도 얼른 차에서 내렸다.

"여긴 어디야?"

"호텔."

"호텔은 왜?"

"오늘 여기서 전국경제인연합회 회장단 회의가 열려. 너도 참석해야 하잖아?"

"뭐, 나…… 나도?"

재하가 영문을 몰라 눈을 동그랗게 뜨고 멍하니 되물었다.

"지금 말고 나중에."

"아하! 물론 참석해야지."

"그래서 분위기나 미리 익혀 두라고."

"정말?"

재하는 걸음을 멈췄다. 어이가 없었다. 대학은 구경하고 나니 나름대로 의미가 있었다는 생각이 들었다. 그러나 전경련 회장단 회의라니!

"왜, 내가 너무 앞서 가는 것 같니?"

다연이 빤히 바라보았다. 재하는 고개를 끄덕였다. '걸음마를 시작하는 아이에게 승용차를 선물하려는 극성스런 엄마 같아!' 라는 말을 입안에 굴리며.

"그럼 그까짓 것 신경 쓰지 말고 음료수나 한잔하지 뭐! 더위도 식힐 겸."

다연이 휙 돌아서더니 자신의 집인 양 거침없이 회전문을 밀치며 들어갔다. 우두커니 서 있던 재하도 마지못해 뒤따라 들어갔다.

생전 처음 와보는 호텔이었다. 허공에는 수많은 보석이 박힌 것처럼 화려한 샹들리에가 빛을 발하고 있었고, 바닥에는 고급스러운 융단이 깔려 있었다. 로비는 크고 작은 카메라를 든 기자들이 점령하다시피 하고 있었다. 대그룹 총수를 수행하는 비서들의 모습도 간간이 보였다.

다연은 전에도 와봤는지 곧장 커피숍으로 성큼성큼 들어갔다. 로비에 비하면 커피숍은 조용했다. 잔잔한 선율이 흐르기에 돌아보니 홀 한 켠에서 여성 현악 사중주가 한창 연주를 하고 있었다.

메뉴판을 내밀며 다연이 물었다.

"뭐 마실래?"

재하는 무심코 메뉴판에 쓰인 가격을 들여다보고 깜짝 놀랐다. 착각한 게 아닌가 싶어서 다시 들여다보았지만 틀림이 없었다. 차마 주문할 엄두를 못 내고 있는데 다연이 말했다.

"걱정 말고 마시고 싶은 걸 골라. 오늘은 내가 쏠 테니까!"

"넌 뭐 마실 건데?"

"과일빙수."

"난…… 망고주스."

재하는 주문하고 나서 다시 한 번 메뉴판을 들여다보았다. 기가 막히는 가격이었다. 어머니가 비지땀을 흘리며 반나절을 일해야 얻을 수 있는 대가가 고작 음료수 한 잔 값이라니!

가까이 해서는 안 될 물건인 양 메뉴판을 멀찍이 밀어놓고 주변을 둘러보았다. 무더운 날씨에도 불구하고 캐주얼한 차림보다는 정장 차림의 손님이 많았다. 간간이 외국인도 눈에 띄었다. 무슨 이야기를 나누는지는 알 수 없었지만 표정은 하나같이 진지했다.

주문한 과일빙수와 망고주스가 나왔다. 다연이 스푼으로 빙수를 떠먹으며 물었다.

"오늘 어땠어? 느낀 게 있었어?"

"더운 여름철에 싸돌아다니는 건 미친 짓이다!"

다연이 고개를 갸웃거렸다.

"내가 너무 막연하게 물었나?"

"뭘 알고 싶은데?"

"여기 손님들 중에는 의사도 있고, 변호사도 있고, 국회의원도 있고, 사업가도 있어. 어떤 식으로든 한국사회를 움직이는 사람들이지."

재하가 냉소를 지으며 고개를 끄덕였다.

"그렇겠지. 그러니까 이렇게 비싼 음료수를 아무 생각 없이 마실 수 있겠지."

"이 사람들한테서 파워가 느껴지지 않니?"

"파워?"

재하는 인터넷 게임의 한 장면을 떠올렸다. 다연이 눈치를 챘는지 불쑥 물었다.

"게임할 때 파워가 약하면 어떻게 돼? 번번이 패할 수밖에 없지? 그래서 검과 같은 각종 아이템을 갖추는 거고."

다연의 말에 재하는 고개를 끄덕였다. 레벨 업을 하기 위해서는 돈을 모은 뒤 아이템을 사서 파워지수를 높여야 했다.

"네 생각에 이 사람들의 파워지수는 어느 정도인 것 같니?"

재하는 주변 사람들을 하나하나 뜯어보았다. 아닌 게 아니라 말끔하게 차려입은 그들에게서 에너지를 느낄 수 있었다. 게임에 비유한다면 그들은 하나같이 고가의 아이템을 갖춘 레벨 높은 캐릭터였다.

"정보를 읽을 수 없어서 모르겠지만 그 누구하고 싸워도 쉽게 지지는 않을 것 같은데."

"그렇지? 한국의 부모들이 명문대를 보내기 위해 고액 과외를 시키는 이유가 뭐겠어? 명문대 졸업장이 곧 파워이기 때문이야! 어린 자식과 생이별을 하면서까지 외국으로 유학을 보내는 이유가 뭘까? 외국어가 곧 파워이기 때문이야! 아까운 청춘을 바쳐가면서까지 사법 고시에 매달리는 이유는? 사법 고시 패스가 곧 파워이기 때문이야!"

재하는 아버지를 떠올렸다. 아버지는 전문대학을 졸업하고 중소기업에 근무하던 평범한 직장인이었다. 레벨은 중간 정도였다. 물려받은 재산은 없었지만 어느 정도의 지식과 총명함은 갖추고 있었다. 그러나 아버지는 직장 생활을 힘겨워했다. 그만두려 했지만 생계가 막막했기 때문에 자신의 의사와는 상관없이 계속 직장을 다녀야 했다. 만약 아버지에게 결정적일 때 써먹을 수 있는 강력한 아이템이 있었다면 어떻게 됐을까? 아버지의 인생 자체가 달라지지 않았을까?

"게임을 자주 하다 보면 테크닉이 늘듯이 세상살이도 마찬가지인 것 같아. 학교에서는 성실하게 일하면 누구나 잘살 수 있다고 가르치잖아? 그런데 현실은 전혀 그렇지 않거든! 게임 캐릭터만 해도 파워가 약하면 어떻게 해? 돈을 벌기 위해서 섬 같은 곳에 들어가 노동이라도 해야 하잖아. 하지만 아무리 열심히 일하면 뭐하냐고. 푼돈에 불과한데!"

그 말을 듣자 이번에는 어머니가 떠올랐다. 어머니의 레벨은 낮았다. 코흘리개마저도 천 원짜리 몇 장 들고 와서 어머니 위에 군림하려 했다. 어머니는 레벨을 높이기 위해 열심히 돈을 모으는 중이었다. 새벽부터 한밤중까지 부지런히 일하고 있지만 좀처럼 레벨 업이 되지 않고 있었다.

"파워가 없으면 인생이 고달프다는 진리도 부모들의 체험에서 나온 거야. 어떤 부모가 자식이 가시밭에서 살기를 원하겠어? 자식의 파워를 키워줄 수 있는 일이라면 눈에 불을 켜고 달려드는 것도 그 때문이라고. 자신의 삶은 차치하고서라도 자식만큼은 노동이 아닌 사냥을 즐기며, 귀족처럼 우아하게 살아가기를 바라는 거지."

다연의 열변을 듣고 나니 조기 교육과 사교육 열풍이 사그라지지 않는 이유를 알 것 같았다. 극성스런 부모라는 소리를 듣는 한이 있더라도 자식이 평생을 살아가면서 요긴하게 쓸 수 있는 아이템 같은 것을 하나쯤은 장만해주고 싶은 것이리라.

"세 번째 미션은 파워지수 높이기야. 꿈을 이룬다는 것은 힘을 길러서 용과 같은 몬스터를 잡는 것과 마찬가지야. 파워가 약한 자는 절대로 몬스터를 잡을 수 없잖아? 내가 먼저 강해질 필요가 있어. 원대한 꿈을 이루기 위해서는 나 자신부터 원대해져야 해!"

* * *

— 세 번째 미션을 수행하려면 나의 꿈을 이루는 데 필요한 파워가 무엇인지부터 찾아야 해. 그런 다음 실천해 나갈 목록을 작성하면 돼.

재하는 다연이 추천한 책을 읽기 시작했다. 대개 세계적인 사업가나 각계각층의 유명 인사들이 고난을 딛고 성공에 이르는 과정을 기록한 체험담이었다. 세 권을 모두 읽은 뒤, 재하는 사업가로서 갖춰야 할 열 가지 파워 리스트를 추려보았다.

사업가로서 갖춰야 할 열 가지 파워
하나, 야망이 있어야 한다.
둘, 리더십이 강해야 한다.
셋, 외국어에 능통해야 한다.

넷, 부지런해야 한다.

다섯, 자신감을 가져야 한다.

여섯, 신용이 있어야 한다.

일곱, 설득을 잘해야 한다.

여덟, 지혜로워야 한다.

아홉, 절제력이 있어야 한다.

열, 체력이 강해야 한다.

재하는 A4 용지로 출력해서 벽에 붙여놓았다.

'시작이 반이라고 했으니까 반은 성공한 셈이군!'

바라보고 있으니 흐뭇했다. 이제 남은 것은 어떻게 실천하느냐 하는 문제였다. 막상 현실 속에서 실천하려고 하니 막연했다. 재하는 한발 물러섰다.

'난 아직 학생이야. 본격적으로 사업을 시작하려면 아직 멀었으니 천천히 실천해 나가자!'

수학 문제집을 펼쳐놓고 한창 문제를 풀고 있는데 초인종이 울렸다. 나가 보니 태훈이었다. 방에 들어선 태훈은 벽에 붙어 있는 열 가지 파워 리스트에 관심을 보였다.

"웬 십계명?"

"내가 구비해야 할 아이템들이야. 저것들만 갖추면 천하무적 아니겠냐?"

다시 한동안 들여다보더니 고개를 가로저었다.

"그렇긴 한데 너무 막연하다."

"어떤 점이?"

"야망이 무슨 뜻인지 알아?"

"내가 원하는 것을 크게 이루어보겠다는 다짐?"

"좋아! 그럼 야망은 어디에서 나오지?"

"뭐, 마음에서 나오겠지."

"마음은 어디서 나오는데?"

재하는 잠깐 생각해보다가 포기했다.

"글쎄? 마음은 마음에서 나오는 거 아냐?"

"여기에 대한 이론은 다양한데, 난 마음은 뇌에서부터 나온다고 생각해."

태훈의 말에 재하가 피식 웃었다.

"뭐? 그럼 사랑도 뇌에서부터 시작된다는 소리냐?"

"그럴 가능성이 높아. 연구 결과에 의하면 사랑에 빠진 사람의 뇌는 일반 사람의 뇌와 확연히 다르대."

"어떻게?"

"도파민이라고 들어봤지? 신경전달물질인데 사람의 기분을 좋아지게 해서 일명 '사랑의 칵테일'로도 불려. 그런데 사랑에 빠진 사람의 뇌를 FMRI(기능적자기공명장치)로 촬영해 보았더니 도파민을 분비하는 부위인 복측피개영역Ventral Tegmental Area이

활성화되어 있더라는 거야"

논리 정연한 태훈의 말에 귀를 기울이고 있으니 얼굴이 화끈 달아올랐다. 처음 들어보는 용어를 척척 사용하는 태훈이 부럽기도 했고, 한편으로는 자신의 무지가 부끄럽기도 했다.

"이야기가 잠시 엇나갔는데 몇몇 과학자들의 연구에 의하면 마음도 뇌에서부터 시작된대. 그러니까 야망을 품는 주체 또한 뇌라는 거지."

"음! 모든 길이 로마로 통하듯 모든 것은 뇌에서부터 시작된다는 얘기군."

"그런데 과연 야망이란 게 이렇게 종이에 적어놓고 바라본다고 해서 저절로 생겨날까?"

"야망을 품는 게 뇌라며? 그러면 그냥 뇌를 세뇌시키면 되는 것 아냐?"

"어떻게?"

"아침, 저녁으로 '나는 할 수 있다!'라고 큰 소리로 외치는 거지. 직접 목표를 글로 써보기도 하면서 말이야."

태훈이 진지한 얼굴로 고개를 끄덕였다.

"그것도 하나의 방법이긴 해. 하지만 그런 방법에는 한계가 있어."

"어떤 한계?"

"뇌는 새로운 자극이 없으면 이내 싫증을 느끼거든. 얼마 동안은 효과를 발휘할 수 있어도 자기 최면만으로 야망을 이룰 수는 없어."

"그럼 어떻게 해야 하는데?"

"자기 최면에 더해서 주위 사람들의 인정이 있어야 해. '저 사람은 사업가로서 분명히 성공할 재목이야!'라는 식 있잖아. 모든 사람이 인정해주면 좋겠지만 그게 안 된다면 몇 사람에게만이라도 인정을 받는 거야."

재하는 수긍할 수 없었다. 평판이나 인정 따위가 뭐가 그리도 중요하단 말인가. 어차피 내가 살아가는 인생, 내 결심만 확실하면 되지!

"왜냐하면 뇌 자체가 과장이 심하기 때문이야. 뇌는 칭찬 한마디에 세상을 다 얻은 것처럼 좋아하다가도, 꾸중 한마디에 세상이 무너진 듯 낙담하기도 하지. 얼마 전에 전교에서 1등만 하던 학생이 전교 5등으로 밀려난 것에 낙담해서 아파트 옥상에서 몸을 던져 자살한 사건 있었지? 왜 그런 일이 벌어졌을 것 같아? 뇌가 현실을 과장해서 받아들였기 때문이야. 남들이 볼 때는 전교 1등이나 전교 5등이나 별 차이가 없잖아? 하지만 죽은 학생의 뇌는 그렇게 받아들이지 않았던 거야."

"뇌가 별것도 아닌 상황을 부풀려서 그런 극단적인 선택을 하게 했다는 거야?"

"맞아! 그래서 야망을 가슴에 품고 실현하기 위해서는 평판이나 인정이 필요한 거야. 평판이나 인정이 받쳐주지 못하면 뇌는 금방 회의에 빠지게 돼. '나는 반드시 성공할 수 있다'는 자신감이 '내가 과연 성공할 수 있을까?' 하는 의심으로 바뀌게 되는 거지. 그러다가 일이 뜻대로 안 되고 주변 사람들로부터 계속해서 부정적인 말을 듣게 되면 '나는 성공할 수 없을 거야! 나 같은 게 무슨 성공을 해?' 하고 자포자기하는 거지."

태훈이 손가락으로 '다섯, 자신감을 가져야 한다'를 짚었다.

"이것도 마찬가지야. 주변의 평판이나 인정이 없으면 자신감을 가질 수 없어. 오히려 자신감이 떨어지지."

"음……. 자기 최면 못지않게 주변의 반응도 굉장히 중요하다는 거군."

"현대인의 생활이 동굴이 아닌 광장에서 이루어지기 때문이야. 그래서 인간을 사회적 동물이라고 하는 거고."

"야망이나 자신감 같은 아이템을 내 것으로 만들기 위해서는 일단 나의 평판을 끌어올리고 주변 사람들로부터 인정받는 게 급선무겠네."

"바로 그거야! 그러려면 구체적으로 뭘 해야겠어?"

"지금 현재는 학생 신분이니까 성적을 끌어올려야겠지. 나의 뇌도 수긍하고, 남들한테 인정받을 수 있는 수준까지."

"역시 하나를 알려주면 둘을 안다니까!"

태훈이 싱긋 웃으면서 손을 들어올렸다. 재하는 하이파이브를 했다.

"네가 갖고 싶어 하는 열 가지 파워는 사업을 하는 데 있어서 훌륭한 무기인 것만은 분명해. 하지만 지금 당장 가질 수 있는 것들은 아니야. 우선 네가 손에 넣을 수 있는 것들부터 하나씩 네 것으로 만들 필요가 있어."

"그게 뭔데?"

"자신감, 외국어, 체력!"

"나머지는?"

"시간을 갖고 천천히 확보해 나가야지. 일단 세 가지만 확실하게 손에 넣으면 나머지는 그리 어렵지 않을 거야."

생각해보니 태훈의 말도 일리가 있었다. 실전을 통해서 파워 지수를 조금씩 높여가다 보면 자연스레 레벨 업이 되기 마련이다. 그럴듯한 목표만 설정해놓고 뜬구름처럼 올려다보기보다는 구체적인 목표를 놓고 싸워서 쟁취해 나가는 편이 현명했다.

"외국어는 어떻게 공략해야 해?"

"외국어는 일찍 시작하면 일찍 시작할수록 유리해. 기초가 부족한 학생들은 공부하는 데 시간도 많이 걸리고 성적은 잘 올라가지 않으니까 아예 포기해버리는데 그건 정말 어리석은 짓이야! 외국어가 살아가는 데 있어서 중요한 파워라면 시간이 얼마가 걸리더라도 반드시 정복해야지!"

재하는 가슴이 뜨끔했다. 학기말 고사를 준비하면서 시간이 부족다는 핑계로 영어와 수학은 아예 제쳐두었기 때문이었다.

"하긴 그래! 외국인에게 죄를 지은 것도 아닌데, 비겁하게 평생 피해 다닐 수는 없지."

"외국어를 잘하는 비결이 뭔지 알아? 꾸준히 하는 거야! 수학은 몰아쳐서 공부해도 되지만 외국어는 그렇게 하면 안 돼. 꾸준하게, 가능하다면 1년 365일 하루도 거르지 않고 공부해야 해."

"일요일이나 공휴일도?"

"물론이지! 난 하루에 네 끼를 먹는다는 마음가짐으로 영어를 공부해. 세 끼 식사를 하듯 매일 영어 공부를 하는 거지. 몸이 아파서 한 끼도 먹을 수 없는 상태라면 어쩔 수 없지만 밥을 먹을 수 있는 상태라면 영어 공부도 건너뛰지 말아야 해!"

"영어는 언제 공부하는 게 효율적일까?"

"난 하루에 두 번, 아침저녁으로 해. 먼저 잠자기 전에 공부를 한 뒤 곧바로 자. 그런 다음 아침에 눈뜨자마자 어제 했던 부분을 복습하는 거지."

"그렇게 하면 뭐가 좋은데?"

"암기 효과를 높이기 위해서야! 내가 해보니까 하루에 한 번 몰아서 공부하는 것보다 훨씬 더 효율적이야."

"그래?"

경험에서 우러나온 훌륭한 조언이라는 생각이 들었다. 재하는 행여 잊을세라 수첩에다가 '영어 공부는 매일 하자!'라고 적었다.

"우린 한창 때니까 체력 관리는 안 해도 될 것 같지? 너도 해보면 깨닫겠지만 공부는 반을 머리로 하고, 반을 엉덩이로 하는 거야. 체력이 받쳐주지 않으면 집중력이 떨어져서 오랫동안 책상에 앉아 있을 수 없어!"

"넌 체력 관리를 어떻게 하는데?"

"매일 한 시간씩 운동하는데 사흘은 조깅, 나흘은 근력운동을 해. 처음에는 힘들었는데 적응이 되니까 운동을 안 하면 오히려 몸이 무겁고 피곤한 것 같아."

태훈이 소매를 걷어 올려 알통을 자랑했다.

"운동을 해보니까 여러 가지 이점이 있더라. 첫째, 머리가 맑아져서 좋고 둘째, 땀을 흘리고 나면 기분이 상쾌해서 좋고 셋째, 자신감이 생겨서 좋아."

재하는 고개를 끄덕였다. 한때 농구선수로 뛰었기 때문에 운동의 장점에 대해서라면 누가 말해주지 않아도 잘 알았다.

* * *

'자신감, 외국어, 체력이라……'

태훈이 돌아간 뒤 재하는 실전적인 파워지수를 높이기 위한 계획을 짰다. 한창 몰두해 있는데 초인종이 울렸다. 시계를 보니 어머니나 누나가 돌아올 시간은 아니었다.

"누구세요?"

재하는 무심코 현관문을 열었다. 놀랍게도 정복을 입은 경찰관과 사복 차림의 형사가 서 있었다. 지은 죄도 없는데 가슴이 덜컥 내려앉았다.

박 경장이 미소를 지으며 물었다.

"잘 지냈어?"

"아, 네."

재하는 얼떨결에 고개를 끄덕였다. 잊고 있었던 지난날의 감정이 되살아나면서 마음이 불편해졌다.

"무슨 일로……?"

"아, 몇 가지 물어볼 게 있어서. 너, 강철하고 친하지?"

"철이 형이요? 아뇨."

"거짓말하지 마, 인마! 지난번에 네가 그랬잖아. 강철하고는 아끼는 오토바이도 빌려주고 빌려 타는 사이라고."

재하는 기억을 더듬어보았다. 정확히 기억이 나지는 않았다. 어쩌면 당황한 나머지 순간의 위기를 모면하기 위해서 거짓말을 했을 수도 있었다.

"예전에는 조금 친하긴 했는데……."

재하가 머뭇거리자 한순간 박 경장의 눈빛이 번뜩였다.

"혹시…… 집에 강철이 숨어 있는 거 아냐?"

"아니에요, 아무도 없어요!"

박 경장이 예리한 눈길로 재하의 당황한 표정을 주시하며 물었다.

"확실해?"

"나 참, 속고만 사셨나! 못 믿겠으면 확인해보세요."

재하가 한 켠으로 비켜서자 박 경장과 사복형사가 기다렸다는 듯이 문을 열고 집 안으로 들어섰다. 그들은 꼼꼼하게 집안을 뒤졌다. 화장실은 물론이고, 다용도실, 베란다, 장롱 속, 침대 밑까지 확인했다.

"강철을 마지막으로 만난 게 언제야?"

"한참 됐어요."

"근래엔?"

"못 봤어요."

"정말이야? 거짓말했다가 나중에 들통 나면 큰 봉변을 당할 수도 있어. 숨기려 들지 말고 사실대로 말해!"

재하는 기분이 나빴다. 마치 죄인 심문하듯이 캐묻는 박 경장의 말투와 눈빛 때문이었다.

"진짜란 말이에요! 그런데 철이 형은 왜 찾으시는데요?"

짧은 순간 박 경장과 사복형사가 서로 눈빛을 교환했다. 사복형사가 가볍게 고개를 끄덕이자 박 경장이 입을 열었다.

"강철이 살인사건에 연루됐어."

"네? 사, 살인사건이요?"

"현재까지는 용의자 중 한 명에 불과하지만 이렇게 잠수를 타버리면 빼도 박도 못하고 단독 살인범으로 몰리게 돼! 강철 만나면 여기로 전화 좀 하라고 해. 아주 중요한 일이니까 꼭 전해, 알았지?"

박 경장이 명함 한 장을 내밀었다. 재하는 명함을 받을 생각도 못하고 멍하니 서 있었다. 차 안에서 활짝 웃던 강철의 모습이 눈앞에서 아른거렸다.

천국의 아이들

같은 광화문에 위치하고 있어도 경복궁의 안팎은 전혀 달랐다. 밖은 시끄러웠지만 안은 고요했고, 밖은 그토록 번잡한데도 안은 정갈했다.

재하가 경복궁에 마지막으로 다녀간 것은 초등학교 6학년 때였다. 대기업에서 후원하는 전국 초등학생 사생대회에 참석하기 위해서였다. 그 뒤로 4년이 흘렀지만 크게 달라진 게 없었다. 고궁은 마치 시간이 정지된 마법의 성 같았다. 석탑, 아름드리 나무, 낡은 현판, 연못의 수련, 기와 사이의 이끼, 어처구니 위로 드리워진 하늘도 4년 전에 보았던 모습 그대로였다. 매점의 아가씨마저도 그대로인 것 같았다.

다연과의 약속 장소는 경복궁이 아닌 광화문 교보문고였다. 경복궁 구경을 제안한 것은 다연이었다. 재하는 시원한 건물 밖으로 나가고 싶지 않았지만 충직한 신하처럼 순순히 따라나섰다. 건물 유리창에 반사되어 신경을 긁어대던 날카로운 햇살도 고궁 안에 들어서자 더 이상 따라오지 않았다.

깃발을 든 안내원을 따라 명찰을 단 외국인 관광객들이 우르르 몰려다녔다. 재하는 연신 카메라를 터뜨려대는 관광객의 표정을 유심히 살폈다. 대부분이 중년층인 단체 관람객들은 무척 즐거워보였다.

향원정은 사생대회 때 그림을 그렸던 곳이었다. 재하가 그림을 그렸던 장소는 금발의 연인이 차지하고 있었다. 남자는 나무에 엇비스듬히 등을 기대고 있고, 여자는 남자의 다리를 벤 채 잠들어 있었다. 배낭 여행객인지 한쪽에 커다란 배낭 두 개가 놓여 있었다.

"부럽지?"

다연의 물음에 재하가 솔직히 시인했다.

"아, 좋겠다! 이국의 정취가 물씬 풍기는 시원한 나무 그늘 아래, 사랑하는 연인과 달콤한 휴식이라니……"

"너무 부러워할 거 없어. 너도 군대 제대하고 나서 배낭여행 갈 거잖아?"

"아, 그렇지!"

재하는 잊고 있었던 '나의 일대기'를 떠올렸다. 원래 배낭여행은 생각조차 하지 않았던 항목이었다. 그런데 태훈이 어학연

수나 배낭여행 중 하나를 선택하라고 했다. 재하는 주저 없이 배낭여행을 선택했는데 금발의 연인을 보니 현명한 선택이었다는 생각이 들었다. 배낭을 메고 세계 곳곳을 유유히 돌아다니는 모습을 상상하니 벌써부터 가슴이 설레었다.

"야, 우리 같이 갈래?"

"너랑?"

다연이 눈을 휘둥그레 뜨고 물었다. 재하는 가만히 고개를 끄덕거렸다.

"재미는 있겠다! 하지만 어려울 것 같아."

"왜?"

"넌 제대하고 갈 거잖아? 난 대학에 입학하자마자 휴학계를 내고 곧바로 떠날 거야."

"그렇구나."

고개를 끄덕이고 나니 문득 다연의 일대기가 궁금해졌다.

"너도 일곱 가지 미션 하면서 일대기 썼지?"

"당연하지!"

"네 일대기, 보고 싶다! 언제 한번 보여줘."

"나중에."

"나중에 언제?"

"정식 회원이 되면……."

경회루는 일본인 관광객으로 북적거렸다. 다행히도 영추문

쪽은 한적했다. 재하와 다연은 울창한 버드나무 그늘이 드리워진 벤치에 나란히 앉았다.

경회루는 두 개였다. 지상에도 있었고, 물속에도 있었다. 경회루에서 춤을 추던 무희가 잉어로 환생한 걸까. 지상의 누각은 텅비어 있었으나 물속의 누각에는 비단잉어들이 춤을 추며 넘나들었다.

다연이 자리에서 일어났다. 일반인의 출입을 막기 위해 쳐놓은 쇠줄을 넘어서 연못 가까이 다가갔다. 쪼그리고 앉아 매점에서 산 먹잇감을 한 움큼 허공에 뿌렸다. 발아래 팔뚝만 한 잉어들이 모여들었다.

등을 돌린 채 다연이 물었다.

"너, 영화 좋아하지?"

재하는 "응" 하고 대답하며 하늘을 올려다보았다. 문득 누나의 무릎이 떠올랐다. 어려서부터 누나의 무릎에 앉아 영화를 봤기 때문인지 영화를 생각하면 영화관이 아닌 누나의 무릎이 먼저 떠올랐다.

"「텐 미니츠-첼로Ten Minutes Older: The Cello」라는 영화 봤니?"

"아니, 어떤 영화야?"

"여덟 명의 세계적인 거장들이 '시간'이라는 주제를 갖고 만든 여덟 편의 단편 영화야. 저마다 특색이 있는데 난 마이클 레드포드 감독의 「별에 중독되어Addicted To The Stars」라는 영화가

참 좋더라."

"무슨 내용인데?"

"우주비행사가 8광년 동안의 여행을 마치고 2146년에 지구로 돌아와. 우주 비행사의 신체 나이는 불과 10분밖에 지나지 않았는데 지구에서는 80년이란 세월이 흐른 거야. 우주 비행사는 집을 찾아가지. 그런데 우주여행을 떠나기 전 열 살 남짓했던 아들이 검버섯이 핀 90대 노인이 되어 있는 거야."

"아버지는 그대로인데 아들만 할아버지가 된 거야?"

"맞아!"

"어떻게 그럴 수 있지?"

"우주의 시간과 지구의 시간이 달랐던 거야."

울긋불긋한 경회루의 단청이 수면 위에서 아른거렸다. 어디서 연회가 벌어진 걸까, 아니면 환청일까. 단청을 바라보고 있으니 단소 소리가 들려왔다.

"헬라어에는 시간을 뜻하는 단어가 두 가지 있어. 시간을 '크로노스'와 '카이로스'로 나누어 생각한 거지."

"차이가 뭔데?"

"크로노스가 물리적 시간이고 객관적 시간이라면 카이로스는 감정적 시간이고 주관적 시간이야. 쉽게 이야기하면 우주 비행사가 우주를 비행하면서 직접 체험한 시간이 카이로스라면 그 사이에 지구에 흘렀던 시간은 크로노스인 거지."

"아하! 그러니까 크로노스는 일정하게 흘러가는 시간이구나? 스물네 시간이 흐르면 하루가 가고, 하루가 365번 지나면 1년이 가듯이."

"그렇지! 카이로스는 무의미하게 흘러가는 시간 속에서 계획을 세우고, 그 꿈을 향해서 한발 한발 나아가는 시간이야."

재하는 물속에서 어른거리는 단청을 응시했다. 조선왕조 500년은 역사적으로 큰 의미를 지닐지 몰라도 한 개인의 입장에서 보면 별다른 의미는 없었다. 그것은 자신의 삶과는 무관하게 흘러간 역사이기 때문이었다.

"같은 시간을 살아도 크로노스가 아닌 카이로스의 삶을 살아야 하는구나!"

"맞아! 가장 좋은 방법은 시간 관리를 하며 사는 거야. 시간 관리를 하며 평생을 산 인물 가운데 러시아 과학자인 알렉산드로비치 류비세프가 있어. 그는 26세부터 82세의 나이로 운명하기 전까지 철저하게 시간을 관리하며 살았어. 일을 시작하기 전에 항상 계획을 세웠고, 자신의 시간이 어디에 어떻게 사용되었는지 하루도 빠짐없이 기록했지. 그 결과 70여 권의 학술 서적을 발표했고, 1만 2천500장에 달하는 논문과 연구 자료를 남겼어. 수시로 장문의 편지를 쓰고, 한 해 평균 60여 차례의 공연을 관람하고, 산책과 수영을 즐기고, 가족들과 자주 대화를 나누면서 말이야!"

재하는 그제서야 다연이 왜 시간에 관한 이야기를 꺼냈는지 알 것 같았다.

"네 번째 미션이 시간 관리구나?"

다연이 환하게 웃었다. 짧은 순간 눈부신 햇살이 그녀의 모습을 감췄다.

***

"재하야!"

집으로 가기 위해 언덕길을 오르는데 누군가 불렀다. 돌아보니 아무도 없었다. '잘못 들었나 보다' 하고 돌아서서 걸음을 옮기려는데 낮고 선명한 목소리가 다시금 들려왔다.

"여기야, 여기!"

재하는 양미간을 모으고 깜깜한 골목 안을 자세히 들여다보았다.

"문어 형?"

혹시나 싶어서 다가가 보니 문어가 맞았다.

"형이 여긴 웬일이야?"

"너 철이 알지? 강철……."

문어가 깜깜한 골목 안으로 재하를 잡아끌며 물었다. 재하는 엉겁결에 끌려들어가며 고개를 끄덕였다.

"철이네 집이 어디냐?"

"철이 형은 왜 찾아요? 경찰에서도 며칠 전부터 철이 형을 찾던데……."

도둑고양이처럼 골목 밖을 조심스레 살피던 문어가 목소리를 낮췄다. 눈동자에는 두려움이 가득했다.

"철이 지금 우리 집에 있어."

재하는 언론에서 연신 떠들어대던 '궁정동 살인사건'을 떠올렸다.

"그래요? 그거 정말 철이 형 짓이에요?"

"철이는 그 사건하고 아무 상관없어."

"정말로요?"

언론에서는 이미 유력한 살인 용의자로 강철을 지목하고 있었다.

"철이가 그러는데……."

문어가 말을 하다 말고 침을 꼴깍 삼켰다. 목울대가 살아 있는 생명체처럼 꿈틀거렸다.

"회사 간부가 겁주려고 몇 대 때린 모양이야. 그런데 재수 없게도 그만 뇌진탕으로 죽고 만 거지. 회사에서는 철이한테 상해 혐의를 뒤집어씌우려는 모양이야."

"근데 F&A가 뭐하는 회사예요?"

"떼인 돈 받아 주는 데야. 말이 회사지, 조폭 같은 놈들이지!"

"그래요? 아니, 어쩌다 그런 곳에 들어갔지?"

"마땅히 할 일도 없고 하니까 잔심부름이나 해주고, 용돈이나 벌려고 들어간 모양이야. 그런데 일이 커진 거지."

재하는 얼마 전에 만났던 강철의 모습을 떠올리며 고개를 끄덕였다. 비로소 상황이 어떻게 돌아가는지 알 것 같았다.

"철이 형이 결백하다면 자수하면 되잖아요?"

"그렇게 간단한 문제가 아냐. 회사에서는 철이가 궁정동 살인 사건의 총대를 메주기를 원하고 있어. 만약 철이가 경찰에 출두해서 결백을 주장하면 그 조폭 같은 놈들이 가만 놔두겠어? 그렇지 않아도 몇몇 패거리들이 철이가 배신할까 봐 뒤를 쫓고 있는 것 같던데……."

경찰에서도 쫓고, 회사에서도 쫓는다면 문어의 집도 결코 안전한 장소는 아니었다.

"그렇다고 살인죄를 무고하게 뒤집어쓸 수는 없잖아요? 형량도 만만치 않을 텐데……."

"그래서 잠시 피해 있을 생각인가 봐."

"어디로요?"

"필리핀이나 태국을 생각하고 있는 것 같아. 문제는 돈인데……. 너 철이네 집 알지?"

"예. 근데 왜요?"

"철이가 바이크를 팔아 달래."

"그게 가능할까요? 보나마나 경찰이 지키고 있을 텐데……."

"그렇겠지? 그래서 말인데, 네가 한번 가서 보고 와줄래? 경찰이 있나 없나."

기분이 께름칙했다. 왠지 범죄에 연루된 기분이었다. 그렇지만 강철에게 용돈도 받은 데다 문어와의 의리도 있어서 딱 잘라 거절할 수가 없었다.

"알았어요. 금방 갔다 올게요."

소방도로를 따라 걷다가 골목으로 접어들었다. 가파른 돌층계를 끝까지 올라가서 밑을 내려다보았다. 달동네가 한눈에 들어왔다. 강철은 동네 방범위원장인 고씨 아저씨네 집에 세 들어 살고 있었다. 재하는 일단 소방도로에 서 있는 차량부터 살피기 시작했다. 고씨 아저씨네 대문을 지켜볼 수 있는 위치에 놓여 있는 승용차는 모두 10여 대였다. 그중 못 보던 승용차가 두 대 있었다.

재하는 그냥 지나가는 길인 것처럼 자연스럽게 자동차에 접근했다. 한 대는 비어 있었고, 다른 한 대에는 양복 차림의 건장한 남자 두 명이 타고 있었다. 차 안을 슬쩍 들여다보려고 허리를 낮추는 순간, 차창이 스르르 열렸다.

"꼬마, 오랜만이다!"

동네 형인 가자미였다. 가자미는 두 눈이 가운데 몰려 있어서 붙은 별명이었다. 3년 전쯤 폭행죄로 교도소에 들어갔다는 소식을 들었는데 출감한 지 얼마 안 됐는지 머리카락이 밤송이처럼 짧았다.

"어, 안녕하세요!"

재하가 깍듯하게 인사를 했다.

"은하는 잘 있고?"

"아, 네……."

순간 기분이 나빠졌다. 둘이 어떤 사이인지는 모르겠지만 가자미 같은 범죄자가 누나의 이름을 기억하고 있다는 사실이 불쾌했다.

"너 혹시 철이 어디 있는지 아냐?"

"모르겠는데요."

"본 적도 없고?"

"네, 전혀요."

"그래? 만약 철이 보거나 소식 들으면 나한테 연락해라."

가자미가 손가락 사이에다 명함을 끼워서 차창 밖으로 내밀었다. 재하는 공손히 받아들고 명함을 들여다보았다. 고급스런 종이에 글씨가 금박으로 새겨져 있었다.

'F&A 영업부장 김기돈.'

눈에 익은 명함을 들여다보고 있는데 차창이 스르르 닫혔다. 재하는 걸음을 옮기며 하늘을 올려다보았다. 시커먼 먹구름이 빠른 속도로 떠내려가고 있었다.

***

　재하는 눈을 뜨자마자 시간 계획표를 짰다. 일주일간의 학습 계획과 일일 학습 계획에 맞춰서 스물네 시간을 배분했다.

　― 괜히 지키지도 못할 계획서를 짜서 스트레스를 받으니 차라리 여유 있게 짜는 게 좋아. 그래야 자신감도 생기고 성취감도 생기거든!

　재하는 몇 번의 오류를 겪고 나서야 다연의 말이 옳았음을 인정했다. 처음에는 의욕에 넘쳐서 시간 계획표를 짰다. 잠자는 시간, 식사 시간, 운동 시간, 학원에 오가는 시간을 제외하고는 모두 학습 시간으로 잡았다.

　'야망을 가진 학생이라면, 하루에 이 정도 분량쯤은 공부해줘야지!'

　계산상으로는 하루에 열두 시간 이상도 너끈히 공부할 수 있을 것 같았다. 그런데 막상 공부 시간을 꼼꼼히 체크해보니 턱없이 부족했다. 열두 시간은커녕 하루에 네 시간도 못 채우는 날이 태반이었다.

　― 우리는 무의식중에 많은 시간을 흘려보내며 살아가고 있어. 아까운 시간이 새는 것을 막으려면, 두 눈을 부릅뜨고 매순간 내가 무엇을 하고 있는지 체크해야 해.

　재하는 다연의 충고를 받아들여서 시간이 새는 것을 막기 위해서 15분 단위로 체크했다. 책상에는 앉아 있었지만 잡념에 시

달리거나 낙서를 하거나 중간에 화장실에 간 시간 등은 제외하고, 순수하게 공부한 시간만을 기록했다. 하루 일과가 모두 끝나면 '시간 일기'를 썼다. 계획대로 시간을 사용했는지, 계획대로 사용하지 못했다면 그 이유가 무엇인지 분석하고, 반성했다.

몇 가지 문제점이 눈에 띄었다. 가장 시급한 일은 쓸데없는 호기심을 줄이는 일이었다. 자료를 찾으려고 인터넷을 켰다가 호기심에 이끌려 엉뚱한 서핑을 하는 시간이 많았고, 쉬는 시간에 무심코 텔레비전을 켰다가 프로그램이 끝나도록 보는 때도 많았다. 친구들과 통화를 하거나 문자를 주고받는 시간도 만만치 않았다.

'내가 공부를 못하는 데는 다 이유가 있었어!'

공부를 효율적으로 하려면 일단 몸에 밴 나쁜 습관부터 바꿔야 했다. 책상에 앉으면 곧바로 공부에 몰입해야 하는데 그게 생각처럼 쉽지 않았다. 잠깐만 방심하면 엉뚱한 짓을 하고 있기 일쑤였다.

재하는 두 눈을 부릅떴다.

"좋아, 이제부터 전쟁이다!"

*　*　*

그 날은 시작부터 꼬였다.

보통 아침 여섯 시면 어김없이 일어났는데 그날은 눈을 뜨니 여덟 시가 넘어 있었다. 알람 소리에 눈을 떴다가 다시 잠든 모양이었다. 차창을 두드리는 빗소리를 자장가 삼아서.

그러나 그것은 시작에 불과했다. 문제지를 출력하려다가 컴퓨터 키보드에 우유를 엎지르고 말았다. 우유를 털어내고 드라이기로 말려봤지만 키보드가 작동하지 않았다.

학원 가는 전동차 안에서는 졸지에 치한으로 몰렸다.

"어머, 지금 뭐하시는 거예요!"

앞쪽에 서 있던 여학생이 신경질적으로 고함을 지르며 노려보았다. 금방이라도 울음을 터뜨릴 것처럼 흥분한 얼굴이었다. 가뜩이나 좁은 지하철에서 필사적으로 영어 단어를 외우고 있었는데 치한 취급까지 받고 나니 돌아버릴 것만 같았다.

"어떤 놈이야? 나한테 잡히기만 해봐라, 확 손모가지를 분질러버린다!"

홧김에 내뱉은 말이 더 큰 화근을 불러왔다. 승객들이 힐끔거리며 재하를 곁눈질했다. 마치 '도둑이 제 발 저린다더니……' 하는 눈빛이었다. 뱃속 깊은 곳에서 뜨거운 열기가 치밀어 올랐다. 재하는 중간에 내리고 싶은 충동을 가까스로 달랬다.

지하철에서 내려 부랴부랴 학원으로 달려가니 수업이 한창이었다. 재하는 빈자리를 찾아 앉으며 수학책을 찾았다. 그러나 가방 어디에도 수학책이 보이지 않았다. 옆자리에 앉은 학생의 눈치를 살며시 살폈다. 여학생은 역도선수를 연상시킬 정도로 체격도 생김새도 우람했다. 내키지는 않았지만 어쩔 수 없었다.

"저, 책 좀 같이 볼 수 없을까요. 제가 책을 놓고 와서……."

"아, 그러세요!"

여학생은 흔쾌히 대답했다. 그러나 눈빛이 이상했고, 입술은 한쪽이 위로 말려 올라가 있었다. 재하는 여학생의 눈빛과 입술이 말하는 소리를 생생하게 들을 수 있었다.

'너 지금 나한테 수작 걸고 있지? 네가 아무리 그래도 안 넘어가니까 잔머리 굴리지 말고 공부나 해!'

재하는 억울했다. 할 수만 있다면 가슴을 활짝 열어서 보여주고 싶었다.

잡념을 떨쳐내고 수업에 집중하려는데 난데없이 아랫배가 살살 아파왔다. 열심히 듣는 척은 했지만 소용없었다. 머릿속은 온통 '화장실에 가야 한다!'는 생각뿐이었다. 마침내 수업이 끝났음을 알리는 타종이 울렸다. 강의 시간을 칼처럼 지키는 선생님인데 오늘은 무슨 억하심정이 있는지 수업을 5분이나 더했다.

선생님이 목례하고 문을 향해 돌아서기 무섭게 재하는 자리를 박차고 화장실로 달려갔다. 칸막이 문을 열려는 순간, 문이 벌컥 열리더니 얼굴에 사정없이 부딪쳤다. 입술이 터져서 피가 흘러내렸다. 고개를 들어 보니 상대방은 미안하다는 말 한마디 없이 사라진 뒤였다.

"오늘 정말 이상하네!"

재하는 학원 독서실로 갔다. 빗소리 때문인지 평상시와는 달리 시끌벅적했다. 공부에 집중하려 했지만 딴생각이 자꾸 떠올랐다.

'철이 형은 무사히 필리핀으로 달아났을까?'

공부가 아니라 잡념과의 전쟁이었다.

'내가 정말 S대에 갈 수 있을까? 헛된 망상에 휩싸여 있는 건 아닐까?'

부정적인 생각에 사로잡히자 자신감이 뚝 떨어졌다. 글씨도 더는 눈에 들어오지 않았다. 이 상태에서 계속 앉아 있는 건 의미가 없었다.

집에 가서 공부해야겠다고 작정하고 독서실을 나섰다. 가랑비는 소낙비로 변해 있었다. 문득 잊고 있었던 우산이 떠올랐다. 허겁지겁 돌아가서 우산을 찾아보았다. 독서실에도, 강의실에도 우산은 보이지 않았다.

"에이, 모르겠다!"

재하는 빗속으로 뛰어들었다. 그러자 갑자기 폭우가 쏟아졌다. 계속 가다가는 옷은 물론이고 책까지 흠뻑 젖을 것 같았다. 비를 피할 건물을 찾다 보니 PC방이 보였다. 잠시 비도 피할 겸 해서 PC방으로 뛰어들어갔다. 딱 30분만 게임을 하고 일어날 생각이었는데 정신을 차려보니 어느새 한 시간이 훌쩍 지나 있었다.

'젠장! 오늘은 되는 게 하나도 없네. 이왕 이렇게 된 거 포기하자, 포기해!'

재하는 게임을 계속했다. 아침에 세워놓은 일일 시간 계획표가 부표처럼 머릿속을 둥둥 떠다녔다. 손은 신나게 게임을 하고 있지만 마음은 물 먹은 신문지처럼 무거웠다.

시간은 급류를 타고 빠르게 흘러내려갔다. 재하가 PC방을 나선 건 10시가 다 되어서였다. 비는 여전히 내리고 있었지만 빗줄기는 잦아들고 있었다. 소중한 하루가 소득도 없이 지나갔다고 생각하니 허탈했다.

'이렇게 의지가 약해서야……'

기분이 울적했다. 지하철에서 창밖을 내다보고 있는데 문득 창수 생각이 났다. 모처럼 창수나 만나야겠다는 생각이 들었다.

배달민족은 상가건물 지하에 있었다. 재하는 '24시간 신속배달'이란 커다란 글씨가 붙어 있는 유리문을 슬쩍 열었다. 여직원은 퇴근했는지 보이지 않고, 왕눈이 혼자 여기저기서 울리는 전화를 받느라 정신이 없었다. 재하는 문을 닫고 돌아섰다. 예전에는 놀러왔다가 일손이 딸리면 전화도 받아주고 배달 일도 돕곤 했는데 오늘은 그럴 기분이 아니었다.

1층 출입구에서 창수를 기다렸다. 바이크 한 대가 비에 고스란히 젖고 있었다. 눈에 익어서 자세히 살펴보니 창수의 바이크였다.

한산했던 거리에 갑자기 승용차가 밀려들기 시작했다. 학원 건물에서 학생들이 쏟아져 나왔다. 학생들은 이내 학원 차와 승용차 속으로 빨려 들어갔다. 차들이 하나둘 떠나가자 이윽고 거리는 다시 깊은 바닷속처럼 고요해졌다.

빗속에서 스쿠터 한 대가 다가왔다. 우비로 전신을 가리고 있었지만 창수임을 한눈에 알 수 있었다. 스쿠터를 세우며 창수가 물었다.

"언제 왔어?"

감기에 걸렸는지 피곤해선지 목소리가 갈라졌다. 운동화와 바지는 물론이고 머리카락까지 흠뻑 젖은 창수를 보고 있으니 물총새가 울었다.

치잇쯔, 치잇쯔—.

"좀 전에⋯⋯. 오늘 바빴구나?"

"야, 말도 마라. 돌아버리는 줄 알았다."

창수가 머리를 설레설레 흔들며 사무실로 들어갔다. 잠시 뒤 창수가 졸린 때문인지 연신 눈을 부비며 나왔다.

재하가 로드윈으로 다가갔다.

"키 줘! 내가 운전할게."

"고장 났어."

"어디가?"

"엔진 쪽에 문제가 있는 것 같아. 한창 배달하는데 저절로 시동이 꺼지더라고."

"골치 아프게 생겼군."

"그러게 말이다!"

창수가 우산을 활짝 폈다. 살이 부러지고 천이 벗겨져서 우산은 원래 크기의 반밖에 되지 않았다.

"일은 할 만해?"

"할 만해서 하냐? 그냥 하는 거지."

재하는 우산 속으로 뛰어들었다. 두 사람이 비를 피하기에는 공간이 좁았다. 빗줄기가 한쪽 어깨를 때렸다.

"쳐봐!"

재하는 우산을 빼앗아서 창수만 씌워주었다.

"야, 너 옷 젖잖아!"

"괜찮아, 난 진작에 비 맞았어."

재하가 한쪽 팔로 창수의 어깨를 감싸 안자 창수가 기울어진 우산을 바로 세우며 물었다.

"근데 왜 이렇게 한참 만에 나타났어? 어디서 사고 치고 잠수 탔었냐?"

"자식! 내가 뭐 애들이냐, 사고나 치고 다니게……."

"그럼, 네가 어른이냐? 우리 같은 청소년은 어른도 아니고 아이도 아니야. 어른처럼 힘이 있는 것도 아니고, 아이처럼 순수하지도 않고."

"그건 그래."

재하가 맞장구를 쳐주자 재미를 붙였는지 창수가 다시 말을
이었다.

"청소년은 인간도 아니고, 짐승도 아니야."

"그럼 우린 뭐야?"

"반인반수! 우린 그리스 신화에 나오는 켄타우로스 같은 존재
들이야."

상체는 인간이고 하체는 말인 켄타우로스를 떠올리자 갑자
기 슬퍼졌다. 인간과 어울리고 싶고 동물과 어울리고 싶지만, 인
간과도 어울릴 수 없고 동물과도 친구가 될 수 없는 존재가 바로
켄타우로스였다.

"솔직히 말해봐. 그동안 뭐하고 지냈어?"

"좀 바빴어. 사실 드림레이서가 되려고 준비중이야."

창수가 흠칫 놀라며 걸음을 멈췄다.

"뭐야? 너 진짜 프로 레이서가 되려고 작정한 거야?"

"그건 아니고……. 우리 모처럼 천국에 갈까? 자세한 얘기는
천국에서 해줄게."

창수가 잠깐 고민하다가 말했다.

"좋아, 대신 집에 잠깐 들렀다 가자!"

"그러지, 뭐!"

창수는 소년 가장이었다. 청각장애인이었던 아버지가 마을버스에 치어 숨진 건 4년 전이었다. 이듬해에 어머니마저 병에 걸려 세상을 떠났다. 열네 살의 나이에 창수는 졸지에 소년 가장이 되었다. 어린 동생들을 돌보면서도 창수는 반에서 1, 2등을 다툴 정도로 공부를 잘했다. 담임선생님은 장학금을 받을 수 있도록 힘써주겠다며 고교 진학을 권유했다. 그러나 창수는 동생들 뒷바라지를 위해서 스스로 진학을 포기했다.

현재 남동생 창진은 중학교 2학년이고, 여동생 창희는 초등학교 5학년이다. 창희는 선천성 청각장애아였다. 창수는 창희가 아버지처럼 사고를 당할까 봐 늘 불안해했다. 잠깐 집에 들르려는 이유도 그 때문이었다. 동생들이 무사한지 눈으로 확인해야만 비로소 마음을 놓았다.

* * *

편의점에서 컵라면과 과자를 사 들고 천국으로 올라갔다. 천국은 야트막한 마을 뒷산 정상에 자리한 정자였다. 낮에는 으레 어른들이 차지하고 있었지만 밤이 되면 아이들 차지였다. 달동네 아이들은 집을 지옥이라고 불렀다. 부모들의 싸움과 술주정, 잔소리가 끊이질 않기 때문이었다. 이 정자에 '천국'이라는 이름이 붙은 건 그 반대의 의미에서였다.

천국은 비어 있었다. 재하가 드림레이스에 대해서 이야기하는 동안 창수는 컵라면을 먹었다. 처음에는 건성으로 듣더니 나중에는 컵라면을 아예 밀쳐놓고 진지하게 귀를 기울였다. 창수는 무언가에 몰두하면 무서운 집중력을 발휘했다. 숨조차 쉬지 않는 것 같았다. 마네킹처럼 꼼짝 않고 듣던 창수는 재하의 이야기가 끝나자마자 감탄사를 터뜨렸다.

"아, 정말 멋진 모임이네! 아쉽다, 아쉬워! 우린 왜 진작 그런 클럽을 만들 생각을 못 했을까?"

"그게 정상이야! 놀기도 바쁜 나이에 성공을 꿈꾸는 애들이 비정상인 거지."

"그런가? 아무튼 넌 대단한 행운아다! 그 일곱 가지 미션만 충실히 수행한다면 3퍼센트, 아니 0.3퍼센트 이내에도 드는 사람이 될 수 있을 거야."

"그럴까……? 나는 아직도 확신이 안 서."

"자신감을 갖고 미션을 수행해봐! 네가 드림레이스 정식 회원이 되면 기념으로 내가 한턱 쏠게!"

재하를 격려하는 창수의 얼굴에 부러워하는 기색이 역력했다. 고등학교 교복을 입고 처음 만났을 때 이후로 처음 보는 반응이었다. 재하는 그럴 마음이 없었는데 괜히 자랑한 것 같아서 미안해졌다.

"그런데 창수 네 꿈은 뭐야?"

"내 꿈······?"

창수가 잠깐 생각하더니 머리를 좌우로 흔들었다.

"없어."

"빼지 말고 솔직하게 말해봐!"

"내 꿈은······."

창수는 불 꺼진 마을을 물끄러미 내려다보았다. 아랫마을은 환하게 불이 켜져 있는데 이곳 달동네는 무덤 속처럼 고요했다.

"변호사였어."

착 가라앉은 목소리로 창수가 말했다.

"너도 알지, 우리 아버지가 일용직 노동자였던 거. 아버진 공사판을 떠돌아다니면서 젊은 사람들도 꺼려하는 힘든 일을 하셨어. 내가 초등학교 4학년 때는 보도블록 까는 일을 하셨는데, 일이 고된지 밤마다 끙끙 앓으셨지. 그때 난 철부지였나 봐. 공부하는 데 방해된다고 아버지에게 성질을 부리고 못되게 굴었으니까. 무슨 대단한 일이나 하는 것처럼······. 내가 그럴 때마다 아버지는 신음이 새어 나오지 않게 이를 악물고 참으셨어. 하지만 그것도 잠깐뿐, 당신도 의식하지 못하는 사이에 입술을 비집고 신음이 새어 나왔지. 그 소리가 내 귀에는 거대한 짐승이 통곡하는 소리처럼 들렸어. 그러면 나는 다시 고함을 치며 신경질을 부리고······."

그때 생각을 하니 목이 메는지 창수는 잠시 말을 멈췄다. 눈앞에서 비를 맞으며 서 있는 소나무들이 어쩐지 슬퍼 보였다.

"한번은 아버지가 임금 정산할 때 따라간 적이 있어. 임금 계산이야 간단하잖아? 일당에다 일한 날짜를 곱하는 거니까. 그런데 십장이란 인간이 계산을 틀리게 하는 거야. 그때 나는 초등학교 4학년이었지만 그 정도 계산쯤은 암산으로도 할 수 있었거든. 그래서 내가 그 자리에서 계산이 틀렸다고 말했지. 그러자 아버지가 몹시 당황스러워 하면서 나에게 화를 내는 거야. 아무 소리 말고 얌전히 있으라고!"

창수는 빠른 몸짓으로 아버지가 했던 수화를 흉내 냈다.

"결국 아버지는 받아야 할 임금보다 모자라는 돈을 받았어. 나는 바보같이 왜 그러느냐고 물어보고 싶었지만 아무 말도 할 수 없었어. 왜냐하면…… 아버지의 얼굴이 금방이라도 울음을 터뜨릴 것처럼 슬퍼 보였거든."

돌아가신 창수 아버지를 떠올리며 재하는 고개를 끄덕였다. 창수 아버지는 말은 못하지만 표정은 배우 못지않게 풍부했다. 기쁠 때와 슬플 때가 너무도 선명해서 먼발치에서 낯빛만 봐도 지금 기분이 어떤지 짐작할 수 있었다.

"집으로 돌아가는 길에 아버지하고 음식점에 들렀어. 나에게는 순대국밥을 시켜주고 당신은 막걸리를 마셨지. 술기운이 오르자 아버지가 이러시는 거야."

창수는 다시금 천천히 수화를 하면서 말을 했다.

"세상 사람들은 내가 듣지도 못하고, 말도 못하니까 바보 천치인 줄 안다. 하지만 나도 그 정도 계산쯤은 너끈히 해! 그런데도 내가 잠자코 있었던 것은 다음을 기약하기 위해서다. 내가 임금을 꼬박꼬박 챙겨가면 십장이 왜 나를 쓰겠니? 일하고 싶어하는 그 많은 사람들을 놔두고 십장이 굳이 나에게 계속 일을 주는 데는 다 이유가 있는 거야."

재하가 불끈했다.

"아주 나쁜 새끼네! 세상에 등쳐 먹을 사람이 없어서……."

갑자기 '쏴아' 하는 소리와 함께 비가 쏟아지기 시작했다. 세찬 바람이 불자 천국에도 빗물이 들이쳤다. 재하는 비를 피해 뒤로 물러앉았으나 창수는 앉은 자리에서 꼼짝하지 않았다.

"어린 나이였는데도 난 무척 억울했어. 그날 밤, 잠을 제대로 이룰 수 없었으니까."

"그래서 그때 변호사가 되기로 결심한 거야?"

"아니! 변호사가 되기로 결심한 건 몇 년 뒤야. 아버지가 마을버스에 치여 돌아가시고 나서 보상금 받은 걸로 어머니가 과일 가게를 차렸어. 그런데 건물이 팔리면서 어머니가 가게를 비워줘야 할 상황에 놓였지. 보증금은 되돌려 받았지만 권리금을 모두 떼이고 말았어. 너무 억울했지만 어디 한 군데 호소할 데가 있어야지. 어머니는 정말로 피눈물을 흘렸어. 그 돈이 어떤 돈인데……. 결국 어머니는 화병에 걸렸지. 수시로 가슴이 답답하다

고 하소연을 하셨으니까. 아마 어머니가 갑작스레 돌아가신 것
도 그 때문이었을 거야. 화장터에서 어머니의 시신이 한 줌의 재
로 변해가는 동안 난 결심했어! 변호사가 되어서 이 사회의 가
난하고 버림받은 자들을 대변하겠노라고⋯⋯."

뭐라고 위로하고 싶었지만 재하는 아무 말도 할 수 없었다. 창
수의 절절한 심정이 고스란히 전해진 걸까. 가슴이 답답해서 숨
쉬기조차 힘들었다.

"그런데 모두 물 건너갔어! 내 주제에 변호사는 무슨⋯⋯. 지
금 내 목표는 열심히 돈을 모아서 조그만 가게라도 하나 차리는
거야. 동생들 꿈이라도 이뤄줘야지."

코끝이 찡해졌고, 빗속에서 물총새가 울었다.

치잇쯔, 치잇쯔—.

이럴 때는 무슨 말을 해야 하는 걸까. 재하는 창수 곁에 바짝
다가앉아 어깨에 팔을 둘렀다. 친구로서 해줄 수 있는 것은 유감
스럽게도 그게 전부였다. 모두가 잠든 시간에 어깨동무를 하고
비를 함께 맞아주는 것. 공동묘지 같은 마을을 하염없이, 나란히
바라보는 것.

***

수첩을 넘기는 다연의 표정이 어두웠다. 지금까지는 그런 대

144

로 잘해왔는데 네 번째 미션인 시간 관리에서 헤매고 있었다.

"어느 정도 예상은 했지만 좀 심하네!"

재하는 죄인처럼 고개를 푹 숙였다.

"시간 관리는 일곱 가지 미션 중에서 난이도가 가장 높아. 너뿐만 아니라 다들 고전했어."

"너도?"

다연이 고개를 끄덕였다.

"사막에 묻혀 있는 보물을 찾으려면 어지간한 시련쯤은 그러려니 해야 해. 모래폭풍이 불면 잠시 길을 잃기도 하고 때로는 모래 언덕에서 뒹굴기도 하면서 전진하는 거야. 감정적으로 일일이 반응하고 지체하다가는 결코 보물을 찾을 수 없어."

"그게 말처럼 쉽지가 않아. 어떤 날은 술술 풀리는데 어떤 날은 배배 꼬여서 어떻게 해볼 수가 없더라고."

"그래서 이렇게 자폭한 날들이 많은 거야?"

다연이 시간 관리가 전혀 되지 않은 날들을 차례대로 펼쳤다. 재하로서는 입이 열 개라도 할 말이 없었다.

"'깨진 유리창의 법칙'이 있어. 스탠퍼드대학교의 심리학 교수가 할렘 가에 자동차 두 대를 세워놓은 뒤 실험을 해봤대. 한 대는 보닛만 열어놓고, 다른 한 대는 보닛을 열어놓고 유리창을 깨뜨려놓은 거야. 일주일 뒤에 가 봤더니 한 대는 멀쩡한데, 유리창이 깨어진 차는 타이어와 배터리를 빼간 것은 물론이고 거의 고철 수준으로 변해 있더라는 거야. 차이라고는 유리창이 한 장 깨진 것뿐인데."

"사소한 것이 전체에 영향을 미친다는 거야?"

"맞아! 사회적인 현상뿐 아니라 사람의 심리에도 깨진 유리창의 법칙이 적용돼. 네가 시간 관리를 잘해나가다가도 며칠에 한 번씩 자폭하고 마는 것도 그 때문이야."

"그럼 어떻게 해야 하는데?"

"일단 유리창을 깨뜨리지 않는 게 중요해. 그러려면 첫 단추를 잘 끼워야지."

"첫 단추라면, 기상 시간?"

"맞아! 무슨 일이 있더라도 기상 시간을 정확히 지킬 필요가 있어! 기상 시간을 정확히 지키려면 어떻게 해야겠어?"

"일찍 자야지."

"바로 그거야! 취침 시간과 기상 기간은 날숨과 들숨 같은 거야. 숨을 길게 내쉬면 깊이 들이마시게 되듯이, 일찍 잠들면 일찍 일어나게 돼. 제시간에 눈을 뜨면 기분 좋게 하루를 시작할수 있잖아!"

곰곰이 생각해 보니 다연의 말이 맞았다. 자폭한 날을 꼽아보면 늦잠을 잔 날이 많았다.

"두 번째는 유리창이 깨졌을 때야. 늦잠을 자거나 친구를 만나거나 해서 시간 계획표가 틀어질 때가 있지? 그럴 때는 이미 지나간 시간은 잊어버리고 남은 시간에만 전념해!"

"그게…… 알면서도 잘 안 돼."

"하루하루를 중요한 농구 경기라고 생각해봐. 시합 시작하자마자 대여섯 점 차로 벌어졌다고 쳐. 그럼 어떻게 해야 하니? 지고 있다고 해서 게임을 완전히 포기하지는 않잖아?"

"물론이지. 뒤처진 점수 차를 만회하기 위해서 더 열심히 뛰어야지!"

"바로 그거야! 가능한 심리적으로 이기는 게 중요하고, 만약 심리적으로 지고 있다 하더라도 포기하면 안 돼. 게임 종료를 알리는 심판의 휘슬이 울릴 때까지 최선을 다해야 해. 역전승이 더 짜릿하듯이 시간 관리도 마찬가지야!"

재하는 고개를 끄덕였다. 전반전이 끝나기도 전에 포기했던 날이 하루 이틀이 아니었다.

"그렇다고 낙담할 필요는 없어. 넌 지금 그나마 선방하고 있는 거야! 나 역시 초반에는 시간 관리 요령을 몰라서 얼마나 헤맸는지 몰라."

"휴우……. 시간 관리는 정말 어려워!"

"어렵다고 생각하면 점점 더 어려워져. 그럴 때일수록 의욕을 갖고 맞붙어야 해!"

"사실 미션이 어려워지니까 승부욕이 생기기는 하더라!"

재하는 주먹을 불끈 쥐었다. 이왕 붙을 바에는 제대로 한판 붙

어봐야겠다는 생각이 들었다. 제일 후회스러운 경기가 제대로
실력 발휘도 못해보고 지는 경기였다.

2

담임선생님인 악어가 교실로 들어섰다. 떠들던 학생들이 일제히 잠잠해졌다. 오늘은 2학기 중간고사 성적표가 나오는 날이었다.

악어가 미간을 찡그린 채 재하를 째려보았다.

"야, 한재하! 너 요즘 무슨 일 있냐?"

또 시작이었다. 마음잡고 공부 좀 하려는데 번번이 시비를 걸었다. 재하는 안 들리는 척 창밖으로 시선을 돌렸다.

"너 커닝을 하는 신기술을 개발했거나 뭐, 그런 건 아니지? 이걸 믿어야 할지, 말아야 할지……."

악어의 말투가 은근히 신경을 긁었다. 그러나 재하는 잠자코 있었다. 최선을 다해서 시험 준비를 했는데, 성적이 어느 정도 나왔을지 궁금했다.

참다 못한 반장이 물었다.

"대체 재하가 몇 등을 했는데 그러세요?"

"14등이다, 14등! 야, 너희들 이게 말이 된다고 생각하니?"

악어의 말이 끝나기도 전에 학생들이 일제히 '우-우-우一' 하며 야유를 했다. 어떤 놈은 손바닥으로, 어떤 놈은 실내화를 벗어 들고 책상을 두드렸다. 순식간에 교실이 난장판이 되었다.

"말도 안 돼!"

"한재하가 14등이라고? 이건 배신이야, 배신!"

"CIA의 음모가 분명해! NSA에서 뒷조사를 해야 해!"

"당장 가면을 벗어! 넌 한재하의 탈을 쓴 외계인이지?"

급우들이 저마다 한마디씩 했다. 그러나 재하는 기분이 나쁘지 않았다. 에둘러서 하는 축하 인사라는 걸 알기 때문이었다.

악어가 성적표를 나눠주었다. 재하는 전교 등수부터 확인해보았다. 지난 학기말보다 무려 160등이나 뛰어 있었다. 비록 2학기 목표인 10등 이내에 진입하는 데는 실패했지만 이 정도만 해도 놀라운 발전이었다.

과목별로 꼼꼼히 점수를 살폈다. 다른 과목에 비해서 영어와 수학 점수가 유독 낮았다. 열심히 한다고는 했지만 기본기가 부족하기 때문이었다.

'애초부터 무리한 목표였어. 이 정도면 최상의 결과야!'

성적표를 뚫어져라 들여다보고 있는데 문득 누군가의 시선이 느껴졌다. 재하는 고개를 돌렸다. 코미디언이 꿈인 옆자리의 성길이 빤히 바라보고 있었다.

"왜 그래?"

재하가 묻자, 성길이 재하의 팔을 꽉 붙들었다.

"언니, 변하지 마! 너무 갑자기 변하니까 무서워."

"네가 더 무서워, 인마!"

재하는 팔을 뿌리치고 일어섰다.

교실을 나서려다가 슬쩍 주위를 둘러보았다. 이번 시험에서 2등을 한 정호가 꼼짝 않고 책상에 앉아 있었다. 이마에 잔뜩 먹구름이 드리워져 있었다. 누군가 건드리면 곧장 울음이라도 터뜨릴 것만 같았다. 반에서 1등을 놓친 데다 전교 등수마저 3등에서 18등으로 밀려났기 때문이었다.

＊＊＊

"축하해! 한 번도 받기 어려운 추월상을 두 번 연속 받다니."

재하는 뒷목을 긁적거렸다. 다연에게 축하 인사를 받으니 기쁘기도 했고, 낯간지럽기도 했다.

"너도 축하해!"

다연은 전교 23등에서 17등으로 뛰었다. 상위권은 더욱 경쟁이 치열할 텐데 놀라운 도약이었다.

"추월하는 재미도 쏠쏠해. 중학교 때는 시험이 두려웠는데 이제는 오히려 기다려져. 시험 공부도 재미있고!"

"공부가 재미있다고? 난 아직 그 정도는 아닌데……."

"어쨌든 대단하지 않니? 난 일곱 가지 미션을 수행하면 할수록 파워가 점점 강해지는 것을 느껴."

그 점은 재하도 마찬가지였다. 드림레이스를 처음 시작한 4개월 전에 비하면 놀라운 도약이었다. 주위의 시선도 달라졌고, '나도 할 수 있다'는 자신감도 붙었다.

"이걸 한번 읽어볼래?"

다연이 가방에서 A4 용지를 꺼내 내밀었다.

앨리스는 숨을 헐떡이며 붉은 여왕과 함께 달렸다.

앨리스가 말했다.

"우리나라에서는 이렇게 열심히 한참을 달리면 어딘가에 도착해요!"

붉은 여왕이 호통을 쳤다.

"흥, 느림보들! 여기서 이렇게 달려서는 겨우 제자리야. 어딘가에 닿으려면 지금보다 두 배는 더 열심히 달려야 해."

재하가 물었다.

"이게 뭐야?"

"『이상한 나라의 앨리스』에 나오는 내용이야. 앨리스와 붉은 여왕이 달리지만 거기서는 다른 모든 사물들도 함께 달리기 때문에 결국은 제자리라는 거야."

의미심장한 말이었다. 재하는 다시 한 번 읽어 보았다.

"'붉은 여왕의 법칙'이야. 그 안에는 모든 생명체가 끝없이 진화하지만 환경도 빠르게 바뀌기 때문에 진보가 둔화된다는, 진화생물학적 이론이 담겨 있어."

"살아남기 위해서는 더 빨리 뛰어야 한다는 얘기구나."

"맞아! 모든 생명체들은 생존을 최상의 가치로 삼고 있어. 살아남기 위해서 저마다 최선을 다하지. 치타는 가젤을 잡기 위해서 최선을 다해 달리고, 가젤 또한 최선을 다해서 달아나. 살아남기 위해서는 치타도 진화하고, 가젤도 진화해야만 하거든. 그런데 모두들 이렇게 열심히 달리는데도 불구하고, 지금까지 지구상에 존재했던 생명체 중에서 90퍼센트 가까이 멸종됐어. 이건 뭘 의미하는 걸까?"

재하는 혼란스러웠다. 상식적으로 이해가 잘 되지 않았다.

'모두들 열심히 달렸는데 열에 아홉이 멸종된다고? 그렇다면 열심히 산다는 것만으로는 부족하다는 건데…….'

"열 마리의 동물이 달리기를 한다고 가정해 봐. 2등으로 달리는 동물은 보나마나 이렇게 생각할 거야. 이 정도면 충분해! 내 뒤에 다른 동물들이 여덟이나 있으니까. 하지만 현실은 어때? 선두를 제외한 나머지는 모두 패배자가 되잖아! 정말로 살아남

고 싶다면 옆 사람의 눈치나 살피며 적당히 달려서는 안 돼. 그래 가지고는 마음의 위안 정도는 얻을 수 있겠지만 생존을 보장받을 수 없어. 내가 빠르게 뛰고 있다고 느낄 때, 그보다 두 배쯤은 빠르게 뛰어야만 살아남을 수 있는 거야!"

재하는 어렴풋하게나마 알 것 같았다. 다연이 '붉은 여왕의 법칙'을 말하는 까닭을. 성적이 많이 오르기는 했지만 지금까지는 본격적인 레이스라고 할 수 없었다. 멈춰 서 있거나 천천히 달리고 있는 레이서들을 추월한 것 뿐이기 때문이었다. 본격적인 승부는 이제부터였다.

"너도 경험한 법칙이야?"

다연은 창밖으로 시선을 돌리며 천천히 고개를 끄덕였다. 파랗던 은행잎은 어느새 노랗게 물들어 있었다. 바람이 불자 은행잎이 부드러운 곡선을 그리며 떨어졌다.

"드림레이스 회원들은 일곱 가지 미션을 수행하면서 모두들 놀랄 정도로 성적이 올랐어. 우린 작은 승리에 도취되고 말았지. 그런데 어느 날 멘토가 '붉은 여왕의 법칙'을 들려줬어. 그때 아주 중요한 사실을 하나 깨달았지."

"뭔데?"

"꿈을 이루고 싶다면 적당히 해서는 안 된다는 거야. 많은 사람들이 적당히 살지. 적당히 공부하고 적당히 일하고, 적당히 즐기며 적당히 타협하다가 적당한 선에서 꿈을 포기하면서 말이야! 네가 정말 꿈을 이루고 싶다면 다른 사람 눈치 같은 건 볼 필요도 없어. 미친 듯이 앞을 보고 달려가야만 해."

"미친 듯이……?"

"그래! 너, 솔직하게 대답해 봐. 넌 스스로 공부를 열심히 한다고 생각하지?"

그건 부정할 수 없는 사실이었다. 살아오면서 한 번도 지금처럼 열심히 공부해본 적이 없었다.

"물론 네가 그동안 열심히 한 건 인정해. 그렇지만 웬만큼 공부하는 애들은 전부 너만큼은 해. 예전의 사고나 습관 따위는 버려야 해. 여기는 예전의 네가 살던 곳이 아니야. 넌 지금 이상한 나라에 들어와 있다고. 작은 승리에 도취돼선 안 돼."

재하는 가슴이 뜨끔했다. 방심하고 있다가 급소를 찔린 기분이었다.

"이 이상한 세계에서 살아남고 싶다면, 붉은 여왕의 말을 명심해야 해."

다연이 무슨 말을 하려는지 알 것 같았다. 재하는 순순히 고개를 끄덕였다.

"너, 붉은 여왕을 만나보지 않을래?"

"붉은 여왕이 누군데? 혹시 너야?"

"난 아냐! 대창고 정태훈이라면 또 모를까."

"태훈이? 태훈이가 왜 붉은 여왕이야?"

"너 소식 못 들었구나. 태훈이가 이번에 전교 1등을 했대!"

"정말? 우와, 그 자식 진짜 괴물이네!"

재하는 입을 떡 벌렸다. 중학교 2학년 때까지만 해도 반 전체 평균을 깎아먹는다고 걸핏하면 담임선생님한테 혼나던 태훈이었다. 그런데 지금은 전교 1등이라니……. 재하는 갑자기 초라해지는 기분이 들었다.

"태훈인 너처럼 뒤에서부터 레이스를 시작해서 선두에 올라섰어. 너 태훈이하고 친하지? 태훈이에게 찾아가서 공부에 대한 노하우를 들어보는 건 어때? 태훈이라면 너한테 실질적인 도움을 줄 수 있을 거야."

이미 첫 번째 미션과 세 번째 미션을 수행할 때 태훈이 많은 도움을 준 것은 사실이었다. 재하는 찾아가볼까 잠깐 고민했지만 썩 내키지 않았다. 태훈이 전교 1등을 했다는 소식을 듣는 순간, 둘 사이에 베를린 장벽 같은 거대한 벽이 하나 들어선 느낌이었다. 재하는 질투와 함께 좌절감을 느꼈다.

'결국 태훈이가 승리자가 되고, 나는 패배자가 되고 마는 게임인가?'

어깨를 축 늘어뜨린 채 창밖을 보고 있으니 바이크 한 대가 빠른 속도로 지나갔다. 재하는 모처럼 라이딩을 하고 싶은 충동을 느꼈다.

학원 강의를 듣고 집으로 돌아가는 길이었다. 밤바람이 차가웠다. 옷깃을 세운 채 언덕배기를 오르고 있는데 골목에서 "재하야!" 하고 부르는 소리가 들려왔다. 걸음을 멈추고 돌아보았다. 가로등 하나 켜져 있지 않은 골목은 구렁이의 뱃속처럼 깜깜했다.

재하는 어둠 속을 들여다보며 조심스레 물었다.

"누구야?"

어렴풋이 검은 그림자 하나가 가까이 다가오라고 손짓하는 게 보였다. 왠지 어둠 속으로 들어가는 게 내키지 않았다. 재하가 다시 물었다.

"누군데 그래?"

그러자 굵고 낮은 음성이 들려왔다.

"이리 와봐, 빨리!"

퍼뜩 머릿속을 스치는 게 있었다. 재하는 재빨리 주변을 살폈다. 거리는 텅 비어 있었다. 재하는 스펀지에 물이 스며들듯 골목 안으로 스르르 들어갔다.

"따라오는 사람 없었지?"

짐작했던 대로 강철이었다. 재하는 고개를 끄덕였다.

"형이…… 여긴 어떻게……?"

강철은 모자를 눌러쓰고 허름한 점퍼에 낡은 청바지를 입고 있었다. 제대로 잠을 못 잤는지 얼굴이 부스스했다.

"그렇게 됐다. 지금 잠깐 은하 좀 불러줄래?"

"누나요? 누나는 왜요?"

"내가 갑자기 외국에 나가게 됐거든."

"아, 그래요? 잘됐네요."

"곧 출국할 건데, 은하에게 꼭 할 말이 있어서 그래."

순간 강철이 누나를 좋아하는구나, 하는 느낌이 들었다. 재하는 어떻게 해야 할지 선뜻 판단이 서지 않았다.

"잠깐이면 돼! 연인 바위 알지?"

연인 바위는 천국과 그리 멀리 떨어지지 않은 곳에 있었다. 바위 두 개가 나란히 서 있어서 붙은 이름이었다.

"거기서 기다리고 있을게! 내 말 꼭 전해. 알았지?"

"알았어요."

돌아서려는데 강철이 갑자기 한쪽 어깨를 붙잡았다.

"설마…… 경찰에 신고하는 건 아니겠지?"

재하는 고개를 돌렸다. 강철의 커다란 눈동자가 불안스레 흔들렸다. 마치 들짐승에게 쫓기는 한 마리 사슴 같았다.

"걱정 마요, 형!"

재하는 골목을 나와 천천히 집으로 향했다. 머릿속이 복잡해졌다.

'혹시 둘이 사귀는 건가? 누나는 한번도 그런 내색을 한 적이

없는데……'

어머니는 아직 귀가 전이었다. 은하는 컴퓨터 앞에 앉아서 영화를 보고 있었다. 슬쩍 벽시계를 올려다보니 밤 열한 시를 가리키고 있었다.

'어떡하지?'

막상 강철의 말을 전하려니 기분이 찜찜했다. 그렇다고 강철의 간절한 부탁을 무시할 수도 없는 노릇이었다.

'그래, 일단 전하고 보자! 어차피 한동안 외국에 나가 있을 거라는데……'

재하는 마음을 정하고 "누나!" 하고 불렀다. 그러나 은하는 이어폰을 끼고 있어서 듣지 못했는지 아무런 반응이 없었다.

다가가서 은하의 어깨를 치려는 순간, 모니터 속의 영상이 눈에 들어왔다. 영화에서 연인이 이별을 하고 있었다. 여주인공의 뺨에 주르륵 흘러내리는 눈물을 보는 순간 오늘 밤 강철과의 만남으로 인해 누나의 인생이 불행해질지도 모른다는 생각이 들었다. 강철은 이미 정상적인 삶의 궤도에서 한참 벗어나 있었다. 이제 그의 앞을 기다리고 있는 것은 예정된 불행뿐이었다.

'그럴 바에는 차라리 만나지 않는 게 낫지 않을까?'

재하는 누나의 어깨 위로 뻗었던 손을 거두었다. 강철에게는 미안하지만 말을 전하지 않기로, 영원히 이 비밀을 가슴속에 묻어 두기로.

책상에 앉아서 책을 폈다. 학원 강의 내용을 복습하려고 했지만 글씨가 눈에 들어오지 않았다. 신경은 온통 주변에 들려오는 소리에 쏠려 있었다. 작은 소리만 나도 전화벨 소리나 누나의 핸드폰 소리가 아닌가 싶어서 가슴이 철렁했다.

'내가 잘한 걸까? 에이, 모르겠다!'

재하는 침대에 몸을 던졌다. 이런저런 생각을 하다가 스르르 잠이 들었다. 눈을 떠 보니 새벽 세 시였다. 누나 생각이 나서 퍼뜩 일어나 거실로 나가보았다. 누나는 컴퓨터 테이블에 엎드린 채 잠이 들어 있었다.

"피곤하면 들어가서 자지. 감기 들어서 골골거리려고……."

어깨를 흔들어 깨울까 하다가 곤히 잠든 것 같아서 조심조심 들어 안았다. 방으로 들어가다가 무심코 누나의 얼굴을 보았다. 슬픈 영화를 보았기 때문일까, 슬픈 꿈을 꾼 걸까. 누나의 눈가에 눈물 자국이 선명하게 남아 있었다.

특별한 만남

1

"다섯 번째 미션은 인맥 관리야!"

재하는 귀를 의심했다. 코코아를 마시려다가 사레가 들려 하마터면 다연의 얼굴에 내뿜을 뻔했다. 재하는 헛기침을 하면서 냅킨으로 입가를 닦고 나서 물었다.

"뭐? 공부하기도 바쁜데 친구들하고 만나서 놀라고?"

"그새 잊은 거야? 우리의 목표는 우등생이 아냐. 우등생이 되는 건, 목표를 향해서 달리다 보면 저절로 얻게 되는 경품 같은 거라고."

"물론 드림레이스가 추구하는 목표는 나도 알아! 각자 자신의 꿈을 이루어서 사회적으로 3퍼센트 안에 드는 성공하는 사람이 되자는 건데, 우리의 현재 신분은 학생이라고. 학생이면 공부에 전념해야! 적당히 해서는 안 된다, 웬만큼 공부해서는 제자리

걸음일 뿐이니 미친 듯이 해야 한다고 누가 그랬더라?"

다연이 빙그레 웃었다.

"너 요즘 공부에 재미 붙였구나? 눈동자가 멍한 게 책깨나 뜯어먹은 염소 같다?"

그렇지 않아도 눈이 피로하던 참이었다. 재하는 눈을 지그시 감고 손가락 끝으로 눈두덩을 꾹꾹 눌렀다.

우등생들이 멍해 보이는 이유는 집중해서 공부를 하다 보니 눈이 피로하기 때문이다. 재하 역시 태훈이 전교 1등을 했다는 소식을 들을 뒤로 최대한 공부에 집중하고 있었다.

"공부는 기본이야! 열심히 공부한다고 해서 생색낼 일이 아니야. 학생이면 누구나 하는 게 공부잖아?"

"그건 그래!"

"아까운 청춘을 불살랐으면 확실하게 꿈을 이루어야지! 일찍 일어나는 새가 벌레를 잡는다는 말도 있잖아?"

말문이 막힌 재하는 아랫입술을 삐쭉 내밀었다. 뒤늦게 공부를 시작해서 쫓아가기도 벅찬데 그 이상의 것을 요구하는 다연이 얄미웠다.

"성공하려면 인맥 관리가 필수라는 건 알겠어. 더군다나 난 사업가로 성공할 거니까 더더욱 인맥 관리를 잘해야겠지. 하지만 인맥 관리가 당장 발등에 떨어진 불은 아니잖아? 대학에 들어가서 생각해도 충분하지 않겠어?"

"진실한 관계는 20대 이전에 형성되는 거야. 명심보감에 보면 이런 말이 나와. '얼굴 아는 이는 천하에 가득한데 마음 아는 이는 과연 몇이나 될까?'"

그만큼 진실한 친구를 사귀기가 어렵다는 뜻이리라. 재하는 주변에 진정한 친구가 몇 명이나 있는지 헤아려보았다. 떠오르는 얼굴은 고작해야 손가락으로 꼽을 정도였다.

"빌 클린턴 대통령은 어렸을 때부터 대통령이라는 목표를 세우고 철저하게 인맥 관리를 했대. 사람을 만나면 노트에다 그 사람에 대한 정보를 일일이 적어두었다는 거야. 너에게 확실한 꿈이 있고, 그 꿈을 실현하고 싶다면 인맥 관리는 필수야. 꿈은 혼자 꾸지만 그 꿈을 이룰 때는 여러 사람의 도움이 필요하거든."

"그럼 이번 미션은 새로운 친구를 만드는 거야?"

"지금은 인맥을 넓히는 것보다 인맥의 의미를 깨닫고 활용하는 게 더 중요해."

"어떻게?"

"그건 너 스스로 생각해보고 방법을 찾아야지. 할 수 있지?"

다연의 눈을 동그랗게 뜨고 물었다. 재하는 그녀의 새까만 눈동자를 바라보며 고개를 끄덕였다. 이상하게도 그녀의 눈동자를 바라보고 있으면 어떤 어려운 일도 해낼 수 있을 것 같은 기분이 들었다.

* * *

재하는 집으로 돌아오자마자 '인맥나무'를 그리기 시작했다. 수첩에다 가지가 세 갈래로 뻗은 작은 나무를 한 그루 그렸다.

— 인맥이란 한 그루 나무와 같아. 사실 지금 우리의 인맥나무는 나무라고 할 것도 없어. 고작해야 친구 몇 명과 스승 몇 분뿐이니까. 하지만 세월이 흐르면 우리가 성장하듯이 인맥나무도 크게 자라날 거야. 수많은 가지를 치고 풍성한 이파리를 품게 되겠지.

위쪽으로 뻗은 가지는 스승이었다. 이파리에는 '꿈을 이루는 데 도움을 줄 사람'의 이름을 적어야 했다. 멘토나 벤치마킹할 상대, 격려와 용기를 북돋아준 사람을 떠올려보았다. 문득 국어 선생님이 떠올랐다. 팔이 유독 긴 데다 코가 들려서 별명이 '크로마뇽인'이었다. 그러나 생김새와 달리 학생의 처지나 입장을 잘 헤아려주는 속 깊은 선생님으로 인망이 높았다. 재하가 방황하고 있을 때는 아버지처럼 엄하게 꾸짖어주었고, 마음을 잡고 공부를 시작하자 칭찬을 아끼지 않았다. 나뭇잎에다 이름을 적으려 했으나 아무리 기억을 더듬어도 생각이 나지 않았다. 결국 포기하고 크로마뇽인이라고 적었다.

오른쪽 가지는 친구였다. 초등학교, 중학교, 고등학교별로 나누어서 가지를 만들고 친구들 이름을 적어 나갔다. 왼편 가지는 사회에서 만난 사람들이었다. 바이크를 타면서 사귀었던 몇 명의 이름을 적었다.

— 성공하기 위해서는 대인지능지수가 높아야 한대. 만남이란 서로의 귀중한 시간을 이용해 성사되는 거잖아? 이왕이면 무의미한 만남이 아닌, 의미 있는 만남으로 만들어야지. 그러기 위해서는 시너지 효과를 낼 수 있는 방법을 연구해야 해. 너에게도 유익하고 상대방에게도 유익한 만남이 될 수 있도록!

재하는 다연의 말을 부정하지 않았다. 그러나 만남을 통한 시너지 효과는 당장 발등에 떨어진 불은 아니었다. 4주 뒤에 미션 과제로 보고서를 제출하려면 인맥을 활용하는 방법부터 찾는 게 급선무였다.

인맥나무를 들여다보고 있으니 다시금 다연의 목소리가 들려왔다.

— 태훈이를 찾아가서 공부에 대한 노하우를 배워보는 건 어때? 태훈이라면 너한테 실질적인 도움을 줄 수 있을 거야.

태훈은 가장 가까운 친구였고, 가장 소중한 인맥이었다. 곰곰이 생각해보니 그를 제대로 활용하지 못한다면 아무리 인맥을 넓힌들 소용이 없었다.

'하긴……. 자존심을 내세울 데가 따로 있지, 친구 사이에 무슨 얼어 죽을 자존심이람!'

재하는 자신이 옹졸했음을 인정하고 나자 마음이 가벼워졌다. 태훈을 예전처럼 허물없이 대할 수 있을 것 같은 기분이 들었다.

* * *

패스트푸드점에서 태훈을 만났다. 재하는 아까운 시간을 뺏는 것 같아서 곧바로 본론에 들어갔다.

"도대체 공부 잘하는 비결이 뭐야? 난 죽어라 해도 성적이 안 나오던데……."

"웬 엄살? 요즘 성적 많이 올랐다고 소문이 파다하던데."

"그렇지도 않아. 이 놈의 성적 좀 화끈하게 올리고 싶은데 잘 안 되네."

"책하고 노트 가져왔어?"

"물론이지!"

재하는 가방에서 교과서와 공책을 꺼내 테이블에 올려놓았다. 태훈이 햄버거를 한입 크게 베어 물고는 꼼꼼하게 책과 노트를 살폈다.

"내가 해보니까 공부를 잘하는 데는 다섯 가지 비결이 있어."

재하는 수첩을 펼쳐 놓고 메모할 준비를 했다.

"첫째, 부분에 집착하지 말고 전체를 봐라!"

"무슨 의미야?"

"공부를 잘하려면 전략과 전술을 잘 짜야 돼. 코앞에 닥친 시험성적을 올리는 게 목표인지, 수능을 잘 봐서 명문대를 가는 게 목표인지 결정해야 해. 100미터 단거리는 죽자 사자 달리면 돼. 하지만 천 미터 이상의 장거리는 동기부여가 확실해야 해. 그래야 힘들어도 계속 달릴 수 있는 힘을 얻거든. 공부도 마찬가지야. '왜 내가 공부해야만 하는가?'에 대한 답이 명확하면 명확할수록 가속도가 붙어서 점점 더 공부에 전념할 수 있어."

재하는 드림레이스의 첫 번째 미션이 '나의 일대기' 쓰기였음을 떠올리고는 고개를 끄덕였다. '무슨 일이든 목표 설정이 우선이구나!' 하는 생각이 들었다.

"벼락치기는 코앞에 닥친 시험성적을 올리기 위한 일시적인 방법이야. 당장의 내신 성적은 올릴 수 있겠지만 수능에서 높은 성적을 받기는 힘들어. 동기부여를 하고, 체계적인 학습 계획표를 짜야 해. 그러기 위해서는 내가 어떤 과목을 잘하고, 어떤 과목이 약한지 파악할 필요가 있어. 우등생이 되려면 일단 약점부터 없애야 해. 열 과목 중에서 여덟 과목을 100점 맞고 두 과목을 50점 맞는 것보다, 열 과목 모두 90점을 맞는 편이 나아. 똑같은 900점이어도 후자의 실력이 더 탄탄하고, 공부하기에도 훨씬 쉽거든."

공감이 가는 말이었다.

"공부를 시작할 때도 전체를 파악하는 습관을 길러야 해. 무턱대고 외우거나 문제를 풀려고 덤벼들지 말고, 개념이나 공식부터 파악하는 거야. 집을 세울 때 기초공사를 하고 기둥을 세운 다음에 대들보를 얹잖아? 공부도 마찬가지야. 열 문제를 푸는 것보다 공식 하나를 제대로 외우는 게 중요해. 전체를 파악하는 습관이 몸에 배어 있으면 문제를 보는 순간, 이건 어떤 개념 혹은 어떤 공식을 알고 있는지 묻는 문제구나, 하는 걸 직감적으로 깨닫게 돼."

한 마디, 한 마디가 귀에 쏙쏙 들어왔다. 재하는 빠르게 수첩에 적었다.

"둘째, 학교 공부에 충실할 것! 예습 복습 잘하고, 수업 충실하게 듣고, 문제집 한두 권만 풀어도 80점은 나와. 학원 다니면서 심화 학습하고, 다양한 문제를 푸는 것은 나머지 20점을 얻기 위해서야. 일단 80점만큼은 확실히 확보해둬야 해. 그래야만 우등생 반열에 올라설 수 있어."

태훈은 학교 수업을 100퍼센트 소화하기 위한 노하우를 구체적으로 알려주었다. 자신의 교과서와 노트를 펼쳐서 보여주면서 교과서 활용하는 법, 노트 필기하는 법에 대해 장시간 조언해주었다. 태훈의 교과서를 보니 어떤 부분이 중요한지, 교과서 밖에서 문제가 나온다면 어떤 내용일지를 한눈에 알 수 있었다. 노트에는 선생님이 강의한 내용이 충실하게 담겨 있었다. 복습을 하면서 세 가지 색 형광펜으로 중요도에 따라서 분류했고, 이해가 안 되는 부분은 포스트잇에 보충 설명을 적어서 노트에다 덧

붙여놓았다.

"셋째, 반복 학습! 인간은 망각의 동물이야. 완전히 내 것으로 만들기 위해서는 몇 번이고 반복 학습을 해야 해. 반복 학습의 기본은 예습, 복습이야! 심리학자들의 연구 결과에 의하면 반복 학습은 여덟 시간에서 아홉 시간 이내에 해야만 효과가 있대. 난 이렇게 공부해. 예습할 때는 전체 윤곽을 파악한 뒤, 기본 개념이나 공식을 외워. 예습이 잘되어 있으면 수업 내용이 팍팍 귀에 꽂히거든. 이해가 되지 않거나 모르는 부분이 있으면 반드시 수업이 끝날 무렵이나 따로 시간을 내서 선생님을 찾아가 질문을 해. 복습할 때는 배운 내용을 100퍼센트 이해하기 위해서 관련 문제를 찾아서 풀어보곤 해. 마지막으로 내가 선생님이라고 가정해보고 지금까지 배운 내용을 응용해서 문제를 직접 만들어보는 거야. 문제를 오류 없이 출제할 수 있을 정도가 되면 완벽하게 공부가 끝났다고 볼 수 있지."

듣다 보니 문득 한 가지 의문이 떠올랐다.

"우등생이 되려면 선행 학습은 기본이라던데……. 넌 언제 선행 학습을 한 거야?"

"난 선행 학습은 해본 적이 없어. 솔직히 시간이 없었어. 내가 작심하고 공부를 시작한 건 중3 때거든. 공부 좀 한다는 애들이 학원에서 고등학교에서 배울 내용을 선행 학습하고 있을 때, 나는 기본기가 부족하다는 사실을 깨닫고 중학교 공부를 처음부터 다시 시작했거든. 고등학교에 입학해서 반 배치고사를 봤는데 배우지 않은 내용이 나와서 솔직히 당황했어. 등수가 상위권이 아니었던 것도 그 때문이야. 두 번째 시험 볼 때까지도 걱정많이 했어. 시험 범위 밖에서 문제가 출제되면 어떡하나 했는데, 다행히도 시험 범위는 벗어나지 않더라."

태훈의 말은 적잖은 위로가 되었다. 배우지도 않은 고등학교 2, 3학년 문제집을 펼쳐놓고 쓱쓱 푸는 반 아이들을 볼 때마다 주눅이 들던 터였다.

"넷째는 자기주도 학습이야. 공부의 주체는 선생님이나 학원 강사가 아닌 바로 나 자신이니까! 능동적인 자세로 공부해야 공부에 재미를 붙일 수 있고, 학습 성과도 높일 수 있어. 선생님이나 학원 강사가 칠판에다 문제를 풀어주는 걸 보고 있으면 그렇게 복잡하고 어렵던 문제도 쓱쓱 풀리지? 그런데 막상 시험 보면 어때? 다 아는 것 같았는데 하나도 생각나지 않잖아! 나의 경우에 학원 강의는 기본 개념에 대한 이해와 암기력을 높이기 위해서만 들어. 어떤 과목이든 문제만큼은 철저하게 혼자 힘으로 풀려고 노력하고."

"나도 그러고 싶은데 수학은 그게 잘 안 돼. 혼자 힘으로 풀려다 막히면 너무 시간을 많이 잡아먹더라고!"

"어려운 문제일수록, 시간이 많이 걸리는 문제일수록 풀고 나면 얻는 게 많아. 다각도에서 생각해볼 수 있는 좋은 기회거든.

문제를 풀다가 막히면 기본으로 돌아갈 수 있어야 해. 공식을 제대로 이해하지 못하고 있거나 설령 공식을 안다고 해도 응용을 하지 못하면 못 푸는 경우가 태반이거든. 물론 시간도 많이 뺏기고 힘들지만 혼자서 끙끙거리며 풀다 보면 어느 순간에 레벨 업을 하게 돼. 심 봉사가 눈을 뜨듯이 공부 눈이 번쩍 뜨이는 거지. 전교에서 상위권에 들려면 반드시 레벨 업을 해야 돼! 그래야 난이도 높은 문제를 풀 수 있는 소수의 학생이 되거든."

재하는 태훈을 찬찬히 살폈다. 예전에는 몰랐는데 몸 주변에서 은은한 오라가 뿜어져 나왔다. 부럽기도 했고 존경스럽기도 했다.

"다섯째, 모든 선생님과 친해져라! 입시 위주의 교육이다 보니 사제 간의 정을 쌓기가 힘든 게 현실이야. 하지만 우등생이 되고 싶으면 선생님과 친해질 필요가 있어. 수업을 열심히 듣고, 모르는 부분에 대해서는 질문을 하는 거야. 그래도 이해가 안 되면 선생님을 찾아가서 다시 묻고……. 그러는 사이에 점점 친해지게 돼. 자주 있는 일은 아니지만 선생님이 자기 일을 도와줄 학생을 뽑을 때가 있잖아? 그럴 때는 자원해서 기꺼이 선생님 일을 도와드리는 거야. 선생님과 친해지게 되면 좋은 점이 몇 가지 있어. 선생님은 나의 장단점을 정확히 알고 있기 때문에 적절한 조언을 해주기도 하고…… 그리고 이건 나의 개인적인 경험인데 확실히 시야가 넓어지더라고."

"시야가 넓어져……? 어떻게?"

"선생님의 일을 돕거나 선생님과 대화를 나누다 보면, 학생의 입장이 아니라 교육자의 입장에서 교육 시스템을 바라보게 돼. 전체적인 시스템이 어떻게 돌아가는지도 모르는 채 죽어라 공부만 하는 것보다, 교육 시스템이 어떤 식으로 이루어져 있는지를 알고 나면 공부가 한결 쉽게 느껴져."

태훈이 무슨 말을 하는지 어렴풋하게나마 알 것 같았다.

"그 밖에 공부를 잘하는 비결을 한 가지 더 든다면 체력 관리인데, 그건 지난번에도 이야기했으니까 오늘은 생략할게. 운동은 꾸준히 하고 있지?"

재하는 고개를 끄덕였다. 세 번째 미션인 파워지수를 높이기 위해서 영어 공부와 체력 단련은 매일 해오고 있었다.

"고맙다! 귀한 시간을 내주고 꼭 필요한 조언까지 해줘서."

"한재하, 키만 컸지 언제 철들까 걱정이었는데, 이제라도 공부에 매진하는 너를 보니 눈물이 앞을 가린다. 물어보거나 상담할 일이 있으면 언제든지 전화해라. 난 언제든 환영이니까!"

태훈이 테이블에 늘어놓았던 책, 노트, 필통 등을 주섬주섬 챙겼다.

"마지막으로 한 가지만 더 물어봐도 돼?"

"뭔데?"

"신의 아들만이 할 수 있다는, 전교 1등의 비결은?"

"비결이라고 할 것도 없지만 세 가지쯤 되는 거 같아."

태훈이 얼음만 남은 콜라를 흔들어 빨대로 한 차례 빤 뒤 입을 열었다.

"첫째는 공부를 하겠다는 의지야. 너도 알겠지만 우리 집 형편상 내가 장학금을 받지 못하면 대학에 갈 수 없거든."

재하는 고개를 끄덕일 수밖에 없었다. 태훈의 아버지는 구청 환경미화원이었고, 어머니는 태훈이 여섯 살 때 집을 나가서 연락조차 없었다.

"내가 장학금을 받고, 원하는 대학에 들어가려면 방법은 오직 하나뿐이야. 남들보다 훨씬 좋은 성적을 받는 것, 그것만이 내가 살 길이지! 난 책상에서 죽겠다는 각오로 공부했어. 여름철은 물론이고 한겨울에도 자리에서 일어나면 엉덩이가 축축할 정도였으니까!"

태훈의 말을 들으니 공부는 엉덩이로 한다는 말이 실감났다. 책상에 오래 앉아 있기란 생각보다 어려웠다. 시시각각 밀려드는 온갖 유혹을 이겨내려면 공부를 해야겠다는 동기부여가 확실해야만 했다.

"두 번째는 슬럼프가 없었기 때문인 것 같아. 공부도 하다 보면 잘 되는 날이 있고, 안 되는 날이 있잖아?"

재하는 크게 고개를 끄덕였다. 생체 리듬 때문인지 공부를 잘하다가도 3~4일에 한 번쯤은 극심한 슬럼프에 빠져서 헤매곤

했다.

"공부를 웬만큼 하는 애들도 공부가 안 되는 날은 대충 넘어가는데 난 그런 날일수록 더 악착같이 공부했어. 여기서 물러서면 죽는다는 심정으로 이를 악물고서!"

"그게 가능해?"

"물론 나도 처음에는 힘들었어! 하지만 '할 수 있다!'고 자기최면을 걸면서 매달리다 보면 컨디션이 점차 되살아나는 게 느껴지더라고. 공부도 일종의 습관이거든. 매일 승리하는 자만이 최종 승리자가 되는 거야!"

'지독한 놈!'

재하는 머리를 설레설레 흔들었다.

"세 번째 비결은 이거야!"

태훈이 가방에서 두툼한 노트를 한 권 꺼내서 건네주었다. 펼쳐보니 태훈이 직접 손으로 써내려 간 수많은 문제가 노트에 가득 채워져 있었다.

"이게 뭐야?"

"오답 노트! 문제를 풀다가 틀린 문제들이야."

"이렇게나 많아?"

"그게 다섯 권째야."

재하는 입을 떡 벌렸다.

"너도 알잖아? 내가 중학교 때 얼마나 꼴통이었는지. 머리도 나쁜 데다 공부도 늦게 시작한 내가 남들보다 좋은 성적을 받으려면 어떻게 해야겠어?"

그 말을 들으니 태훈이 마치 말을 타고 창을 든 중세 기사처럼 느껴졌다. 그가 말을 타고 초원을 가로질러 와서는 재하의 가슴 깊숙이 창을 꽂았다. 재하는 자신의 심장을 관통하고 있는 창을 내려다보았다. 두 손으로 가슴을 움켜쥐고 비틀거리고 있는데 태훈의 음성이 들려왔다.

"남들은 내가 틀리는 문제가 없기 때문에 전교 1등을 했다고 생각하는데 그건 오산이야. 이미 수많은 문제를 틀려봤기 때문에 전교 1등을 할 수 있었던 거야."

* * *

도서관에서 내려다보니 트로이 멤버들이 코트 하나를 차지하고 3 대 3 농구를 하고 있었다. 팽팽한 경기인데 은호가 점프를 하다 다리를 접질렀는지 절뚝거리며 경기장 밖으로 나갔다.

"시합에 끼고 싶은 사람 없어?"

덕수가 구경꾼을 둘러보며 물었다. 그러나 낄 자리가 아니라고 생각했는지 아무도 선뜻 나서지 않았다. 재하는 문득 농구를 하고 싶은 충동을 느꼈다. 드림레이스를 시작한 뒤로는 농구공을 잡아본 적조차 없었다.

'어떡하지?'

일일계획표에 의하면 아직 세 시간을 더 공부해야 했다. 잠시 갈등하던 재하는 도서관에 책가방은 놓아둔 채 운동장으로 내려갔다.

"내가 은호 대신 뛰어도 돼?"

덕수가 환하게 웃으며 물었다.

"어, 오탄? 네가 웬일이야?"

"농구가 모처럼 재미있어 보여서!"

"다시 농구 본능이 되살아난 거야?"

"그 정도까지는 아니고……. 근데 할 거야, 안 할 거야?"

덕수가 들고 있던 농구공을 재하에게 던졌다.

"우리야 언제든 환영이지! 지는 편이 음료수 내기다."

"몇 대 몇인데?"

"선수가 바뀌었으니까 새로 하지, 뭐! 30점 내기, 원 게임!"

편을 새로 가르고 심판의 휘슬과 함께 경기가 시작되었다. 덕수가 진성에게 패스를 했다. 재하는 드리블을 하고 있는 진성의 앞을 가로막았다.

"넌 내가 상대해줄게!"

"쉽지 않을 걸. 예전의 내가 아니라고!"

진성이 패스를 하는 척하면서 20피트 라인에서 점프 슛을 했다. 뒤늦게 손을 뻗어보았지만 이미 늦은 뒤였다. 볼은 허공을 가로질러 그대로 림에 날아가 꽂혔다.

"제법인데?"

재하는 진심으로 박수를 쳤다. 오랫동안 잊고 있었던 승부욕이 끓어올랐다.

멤버들은 실력이 전체적으로 향상돼 있었다. 팀워크도 잘 맞았고, 슛도 놀라울 정도로 정확했다. 그러나 재하의 중거리 슛은 번번이 림을 맞고 튕겨 나왔다. 같은 편 친구들에게 미안해서 발바닥에 불이 나도록 뛰어다녀야만 했다.

경기가 중반을 넘자 재하의 슛 감각이 되살아났다. 연속 득점에 성공하면서 동점까지 따라붙었다. 그러나 후반이 되면 체력이 뚝 떨어지던 진성이 레이업 슛과 20피트 라인에서 중거리 슛을 연속 성공시키면서 3점 차로 끝이 났다. 게임은 졌지만 기분은 좋았다. 모처럼 친구들과 어울려 땀을 흠뻑 흘렸더니 몸도 마음도 상쾌했다.

돈을 걸었고, 한 친구가 가게로 달려가서 콜라를 사왔다. 벤치에 앉아 콜라를 마시는데 덕수가 물었다.

"너, 성적 많이 올랐다고 소문이 자자하더라. 하루에 몇 시간이나 공부하는 거야?"

"몰라! 시간 나는 대로 하는 거지, 뭐."

"자식! 벌써부터 말투에 범생이 티가 좌르르 흐르는데?"

덕수가 숨도 쉬지 않고 콜라를 단숨에 들이켠 뒤, 빈 병과 농구공을 집어 들고 열 걸음 남짓 앞으로 걸어갔다. 그러고는 빈 병에다 농구공을 올려놓고 되돌아왔다.

"해보니까 어때? 공부가 쉬워, 농구가 쉬워?"

재하는 조약돌을 집어서 농구공을 향해 던졌다. 돌멩이에 맞은 농구공이 떨어질 듯 흔들거렸다.

"예전에는 농구가 쉬웠는데 지금은 가속도가 붙어서 그런지 공부가 쉬운 것 같아."

덕수가 돌멩이를 집어서 농구공에 던졌으나 빗나갔다.

"부럽다! 나에게도 공부가 쉽게 느껴지는 날이 올까?"

"물론이지! 넌 머리가 좋으니까, 농구하는 시간의 반만 투자해도 공부가 만만해질 거야."

"어쨌든 보기는 좋다! 예전보다 말수도 늘었고, 표정도 많이 밝아졌네."

"예전에는 내 표정이 어땠는데?"

"인간이 아니라 강시 같았어. 경기에 져도 무표정하고, 경기에 이겨도 표정이 없었지!"

날개가 꺾여서 방황하던 시절의 이야기였다. 꿈이 없으니 웃을 일도 없었다. 그 시절 유일한 낙은 바이크를 타는 것뿐이었다.

재하는 뒤로 벌렁 드러누웠다. 하늘에는 뭉게구름이 낮게 떠 있었다. 바다에 떠 있는 요트 같은 구름을 올려다보고 있으려니 왠지 모르게 가슴이 설레었다.

2

"오늘 저녁에 시간 있어?"

다연이 전화를 걸어 다짜고짜 물었다.

"모의고사 공부하느라 정신없는데……. 근데 왜?"

"너, 우리 외삼촌 만나보지 않을래?"

"외삼촌이면…… 바이크를 좋아하신다는……?"

"그래! 네가 추월상을 두 번이나 받았다고 했더니 기특하다며 저녁을 사주시겠대."

완전히 잊었다고 생각했는데 두카티 999R이 선명하게 떠올랐다. 다시금 심장이 마구 뛰기 시작했다.

"그런데 친구 한 명 데리고 가도 될까?"

"친구……? 좋아!"

재하는 독서실을 나와서 창수가 일하고 있는 배달민족으로 달려갔다. 사무실을 기웃거렸으나 창수의 모습은 보이지 않았다. 건물 출입구에 서서 10여 분쯤 기다렸을까. 창수가 바이크를 몰고 다가왔다.

"어, 여기 웬일이야?"

재하는 다짜고짜 창수의 팔을 잡아끌었다.

"잠깐 나하고 어디 좀 가자."

"바빠서 안 돼!"

"길어야 두 시간이야. 오늘은 두 시간만 쉬겠다고 해."

창수가 시계를 들여다보며 물었다.

"도대체 어딜 가는데? 조금 있으면 배달 주문 전화가 빗발칠 텐데……."

"지금 배달이 문제가 아냐. 너한테 꼭 소개시켜주고 싶은 사람이 있어서 그래."

"그럼 잠깐만 기다려. 아무리 바빠도 왕눈이한테 말은 하고 가야지."

창수는 사무실로 들어갔다가 이내 나왔다. 왕눈이에게 싫은 소리를 들었는지 표정이 무거웠다. 툭 건드리면 한바탕 울음을 터뜨릴 것만 같았다.

'괜한 짓을 했나?'

재하는 은근히 미안했다. 전동차 안에서도 창수는 아무 말도 하지 않고 창밖만 바라보았다. 둘은 줄곧 말이 없다가 삼성역에서 내렸다. 지하도를 나와 걷다가 인터콘티넨탈 호텔 쪽으로 꺾었다. 묵묵히 따라오던 창수가 그제야 겁먹은 음성으로 물었다.

"여기는 왜?"

"약속 장소가 여기야."

"그래……?"

약간 멍한 표정으로 호텔 건물을 올려다보던 창수가 갑자기 돌아섰다.

"나 그냥 갈래!"

재하가 재빨리 팔을 붙잡았다.

"여기까지 와서 그냥 가는 게 어디 있어?"

"이런 꼴로 어떻게 들어가?"

재하는 그제야 창수의 위아래를 살폈다. 까만색 점퍼에 낡은 청바지, 낡은 운동화를 신고 있었지만 더럽다는 느낌은 들지 않았다.

"뭐가 어때서? 멋있기만 한데!"

"정말 이런 옷차림으로 들어가도 돼?"

"겁낼 것 없어! 우리는 손님이야. 어깨 활짝 펴고 당당하게 들어가면 아무도 터치 안 해!"

재하는 겁먹은 고슴도치처럼 잔뜩 움츠리고 있는 창수의 손을 잡아끌었다. 창수는 얼어붙은 듯 꼼짝하지 않았다. 예전의 자신만만하던 창수가 아니었다. 사회생활을 하면서 보이지 않는

칼날에 상처를 입은 때문일까. 잔뜩 위축되어 있는 창수를 보자 까닭 모를 분노가 치밀어 올랐다.

재하가 버럭 소리를 질렀다.

"뭐가 무서운 건데? 언제까지 우물 안 개구리처럼 살 거야? 부자들이 어떻게 사는지 알아야 나중에 부자가 되든지 말든지 할 거 아냐!"

재하는 창수의 팔을 놓고 앞장서서 걸어갔다. 창수가 뒤에서 소리쳤다.

"야, 같이 가!"

호텔 입구에서 차 문을 열어주는 도어맨이 힐끗 돌아보았다. 재하는 스스럼없이 로비로 들어갔다. 창수가 바짝 붙어서 따라 들어왔다. 얼굴 표정은 사색이 되어 있었고, 몸은 목각인형처럼 굳어 있었다. 호텔에 들어오기는 두 번째지만 긴장되기는 재하 역시 매한가지였다. 경비원이 험상궂은 얼굴로 불쑥 앞을 가로막을 것만 같았다.

약속 장소인 중식당은 2층에 있었다. 창수가 영어로 쓰인 화려한 입간판과 입구를 바라보며 귀엣말을 했다.

"와, 죽인다!"

목소리에는 두려움과 새로운 세계에 대한 경외감이 흠뻑 묻어 있었다. 재하는 창수 몰래 심호흡을 한 뒤 안으로 들어갔다. 실내는 생각보다 어두웠다. 주변을 두리번거리고 있는데 종업원이 다가왔다.

"예약하셨습니까?"

"그게……."

재하가 우물쭈물하고 있는데 저쪽에서 다연이 먼저 알아보고는 다가왔다. 구세주를 만난 듯 반가웠다.

"어, 창수도 왔네! 야, 정말 오랜만이다!"

다연이 반색을 하며 달려와 창수의 손을 잡았다. 수줍은 걸까, 자격지심일까. 창수의 얼굴이 금세 홍당무가 되었다.

테이블에는 스웨터에 초록색 카디건을 걸친 사십대 중반의 남자가 앉아 있었다. 덩치가 크고 생김새도 우락부락할 거라고 예상했는데, 덩치도 작았고 생김새는 마치 교회 목사님처럼 유순해 보였다. 가까이 다가가자 자리에서 일어나더니 오른손을 내밀었다.

"난 다연이 외삼촌 장세준이야."

생김새에 어울리지 않게 목소리가 걸걸했다.

"말씀 많이 들었습니다. 저는 한재하입니다!"

"저는 박창수입니다."

인사가 끝나자 원탁 테이블에 둥글게 둘러앉았다. 다연이 앞에 놓인 메뉴판을 펼치며 말했다.

"삼촌이 쏜다고 했으니까 예의는 뺑 차버리고, 부담 같은 건 바닥에 내려놓고 우리 오늘 배 터지게 먹어보자! 뭐 먹을래?"

다연이 턱으로 메뉴판을 가리키며 눈을 찡긋하니 창수가 대답했다.

"난 자장면……."

다연이 빙그레 웃었다.

"오늘은 특별한 날이니까 특별한 음식을 먹어봐. 평상시에 먹던 거 말고."

재하가 메뉴판을 덮으며 말했다.

"네가 알아서 시켜. 우린 한번도 이런 데서 먹어본 적이 없어서 뭐가 특별하고, 뭐가 맛있는지 잘 몰라."

"그래? 알았어!"

다연이 메뉴판을 보며 종업원에게 몇 가지 음식을 주문했다. 옆에서 묵묵히 지켜보고 있던 외삼촌이 말했다.

"우리나라의 미래를 짊어지고 갈 귀하신 분들이니까 맛있게 좀 해주세요."

"네, 손님! 각별히 신경 써달라고 주방에 부탁하겠습니다."

별것도 아닌데 재하는 은근히 기분이 좋아졌다. 우대받는 느낌이 이런 거구나 싶었다.

"그런데 뭐라고 불러야 하나요? 사장님……?"

"다연이 친구들이니까 편하게 삼촌이라고 불러라."

재하는 고개를 끄덕이며 식당 안을 둘러보았다. 비어 있는 테이블 건너편에 가족으로 보이는 네 사람이 작은 소리로 웃고 떠들며 즐겁게 식사를 하고 있었다. 어머니와 누나를 모시고 와서 이런 데서 함께 식사를 할 수 있다면 얼마나 좋을까 하는 생각이 들었다.

* * *

음식은 생각했던 것만큼 양이 많지 않았다. 그러나 기막힌 별미였다. 저마다 다른 맛과 향을 지니고 있었다. 배불리 먹고 나자 차가 나왔다. 따뜻한 차를 마시면서 재하가 궁금했던 점을 물었다.

"바이크는 어떤 계기로 관심을 갖게 되셨어요?"

"난 가난한 농부의 자식이야. 집안 형편이 어려워서 중학교 2학년 때 자퇴했어. 청운의 부푼 꿈을 안고 서울로 상경했지만 마땅히 갈 데가 없었지. 처음 취직한 곳은 충무로 뒤편의 인쇄소였어. 먼 친척의 소개로 들어갔는데 호기심에 인쇄기를 잘못 만지는 바람에 해고됐어. 엄청나게 비싼 인쇄기를 고철 덩어리로 만들 뻔했거든."

외삼촌은 그때 일이 생각나는지 씁쓰름한 미소를 머금었다.

"그러다 동네 형의 소개로 을지로에 있는 음식점에 취직했어. 스쿠터를 타고 김치찌개, 된장찌개, 순두부 백반 등을 배달하고, 그릇을 수거해오는 게 내 일이었지."

창수는 자신과 비슷한 일을 했다는 말에 동질감을 느낀 걸까, 상체를 앞으로 숙인 채 토끼처럼 두 귀를 쫑긋 세웠다.

"하루는 장대비가 쏟아지는데 병원으로 배달을 가야 했어. 병원 음식에 물린 사람들이 가끔씩 음식을 시켜먹곤 했거든. 먹구름이 도시를 뒤덮고 있어서 초저녁인데도 어두컴컴했어. 난 평상시보다 속도를 줄여서 스쿠터를 몰았어. 한창 달리고 있는데 골목에서 불쑥 승용차가 튀어나온 거야. 차를 피하려다 중심을 잃고 빗길에 미끄러져 넘어지고 말았어. 다행히도 얼굴은 안 다쳤지만 무릎에서부터 어깨까지 피부가 벗겨질 정도로 심한 부상을 입었지. 얼마나 아프던지 보도블록 위에 10분 넘게 널브러져 있었으니까."

"그 승용차는요?"

"날 못 보고 그냥 가버렸나 봐. 그런데 서울 사람들 정말 무정하더라! 지나가면서 힐끔힐끔 쳐다보기만 하지 누구 하나 일으켜 세워주는 사람이 없는 거야. 가까스로 일어나 가로수를 들이박고 나뒹굴고 있는 스쿠터를 일으켜 세웠지. 핸들은 꺾여 돌아갔고 앞바퀴 휠도 휘어져 있더라고. 힘겹게 스쿠터를 끌고 가게로 돌아가는데 어머니 생각이 어찌나 간절하던지, 눈물이 폭포수처럼 쏟아지더구나. 그런데 가게 주인이 날 보더니 대뜸 이러는 거야. '야, 자식아! 배달이 잔뜩 밀려 있는데 하나뿐인 스쿠터를 고장 내면 어떡해? 당장 가서 고쳐 와!'"

외삼촌은 주인처럼 허리에다 한 손을 얹고 삿대질하는 시늉을 했다.

"그때 정말 서럽더구나. 그날 밤 맹세를 했어. 앞으로 악착같이 돈을 벌어서 그까짓 고물 스쿠터보다 백배, 천배 더 좋은 바이크를 사서 보란 듯이 몰고 다닐 거다, 하고!"

재하는 빙긋 웃었다. 파출소를 나설 때 닌자 250R을 사고야 말겠다고 다짐했던 기억이 떠올랐기 때문이었다.

"결국 멋지게 복수하셨네요. 그럼 학력은 중퇴가 전부이신 거예요?"

"그 일이 있고 나서부터 본격적으로 돈을 벌 방도를 모색하기 시작했어. 그전까지는 돈을 번다기보다는 생존이 급선무였거든. 그때 처음으로 진지하게 고민하기 시작했지. 이대로 세월이 흘러가면 나의 미래가 어떻게 펼쳐질까, 돈을 벌기 위해서는 무엇을 어떻게 해야 할 것인가……. 찾아보니까 길은 많더라. 여러 날을 고민한 끝에 여러 사람에 의해서 검증된 가장 확실한 길을 선택했어."

창수가 재빨리 물었다.

"그게 뭔데요?"

"공부!"

외삼촌은 차를 한 모금 마시고는 이야기를 계속했다.

"지금은 분위기가 좀 달라졌지만 당시만 해도 철저한 학벌 위

주, 인맥 위주의 사회였거든. 좋은 대학을 나왔다는 것 자체가
하나의 파워였지. 난 낮에는 일하고, 밤에는 공부해서 검정고시
를 봤어. 날마다 밤을 꼬박 새다시피 하며 미친 듯이 공부했지.
고검은 일찌감치 붙었고, 대검 붙고 나서 두 달쯤 뒤에 대입 학
력고사를 봤어. 성적은 잘나와서 일류대를 갈 수도 있었지만 장
학금을 받고 K대를 갔지.”

“그럼 사업은 언제부터 시작하셨어요?”

“대학을 졸업하고 한동안 건설회사에서 일했어. 독립해서 회
사를 설립한 건 10년쯤 됐을 거야.”

“그럼 부모님에게 물려받은 재산 없이, 혼자 힘으로 모든 걸
일구신 거예요?”

“난 혼자서 일어섰다고 생각하지 않아. 독불장군은 절대 성공
할 수 없거든. 많은 분들의 도움이 없었다면 나 역시 지금처럼 성
공하지 못했을 거야. 나는 사람들을 만나면 늘 ‘저 사람을 어떻게
도와줄 수 있을까?’를 여러 각도에서 생각해보곤 하지. 그래서 회
사 다닐 때 야근이나 당직을 도맡다시피 했어. 그런데 말이지, 내
가 건네준 작은 힘들이 더 큰 힘이 되어 돌아오더구나.”

재하는 외삼촌의 얼굴을 찬찬히 바라보았다. 나이를 먹으면
얼굴에 살아온 날들이 드러나는 걸까. 처음 만났음에도 불구하
고 오래전부터 알았던 사람처럼 편안했다.

창수가 물었다.

"살아오시면서 그렇게 많은 일들을 겪으셨는데 어떤 순간이 가장 기억에 남으세요?"

"리비아에서 현장 책임자로 있을 때였어. 안전시설 미비로 현지 노동자 두 명이 사망하는 사건이 터졌지. 동료의 죽음을 본 현지 노동자들이 폭동을 일으켰어. 다들 도망가고 나 홀로 현장 사무실을 지키고 있는데 쇠파이프와 각종 연장으로 무장한 노동자들이 들이닥쳤지."

"아니, 삼촌은 왜 피하지 않으셨어요?"

"다른 사람은 어떨지 몰라도 나는 꿈을 향한 레이스 중이었거든. 주로에서 벗어나는 건 레이스 자체를 포기하는 거잖아?"

재하의 가슴속에서 물총새가 울었다.

치잇쯔, 치잇쯔―.

"그들은 당장이라도 때려죽일 것처럼 험악한 욕설을 퍼부으며 날 에워쌌어. 난 최선을 다해서 그들을 설득하기 시작했지. 사고는 유감이다, 나도 고향에 가족이 있는 사람이다, 죽은 사람도 죽은 사람이지만 유가족들을 생각하면 나 역시 가슴 아프고 눈물이 난다, 본사와 상의해서 그들의 슬픔을 덜기 위해 최선을 다하면서 차후에 이런 일이 발생하지 않도록 후속 조치를 취하겠다, 우리에게는 당신들의 안전이 최우선이다 등등……. 밤늦게까지 설득했고, 그들은 자정 무렵이 되어서야 무장을 해제하고 돌아갔지."

"배짱이 두둑하시네요."

"아냐, 나 겁 많아! 지금은 이렇게 태연히 말하고 있지만 그때
는 식은땀을 얼마나 흘렸는지 속옷까지 흠뻑 젖었더라고. 하지
만 내가 그때 버틸 수 있었던 건 내게 꿈이 있었기 때문이야. 한
순간도 꿈을 놓치지 않았기에 용감할 수 있었던 거지."

창수가 다시 물었다.

"낮에 일하고 밤에 공부하려면 장난 아니잖아요? 중도에 포
기하고 싶은 유혹은 안 느끼셨어요?"

"딱 한 번 그런 생각을 한 적이 있어. 어머니가 협심증으로 쓰
러져 병원에 입원하셨을 때인데, 병원비를 마련하기 위해서 사
방팔방 안 다녀본 곳이 없었어. 그때 처음으로 이런 내 처지에
공부 따위는 사치가 아닌가 하는 생각이 들더라. 그런데 어머니
가 어떻게 아셨는지 병상에서 내 손을 꼭 잡으시며 이렇게 말씀
하시는 거야. '세준아, 일하랴, 공부하랴 힘들지? 그렇다고 포기
하면 안 된다! 네 또래 아이들이 교복 입고 때까치마냥 몰려다
니는 걸 볼 때마다 이 어미 가슴이 얼마나 아팠는지 아니? 네가
고입 검정고시에 붙었다는 소식을 들었을 때 이 어미 가슴에 얹
힌 것들이 쑤욱 내려가는데…… 어찌나 좋던지 덩실덩실 춤을
추고 다녔다. 남들이사 미친년이라고 손가락질을 하든 말든.' 그
런 어머니에게 다시 가슴에 한을 심어 드릴 수는 없어서 이를 악
물고 더 공부에 매달렸단다."

***

    재하는 창수하고 나란히 하천변을 걸었다. 늦은 밤이라 그런
지 조깅을 하는 사람도, 자전거를 타는 사람도 보이지 않았다.
맞은편에서 세찬 바람이 불어왔다. 머리 위로 노란 은행잎이 우
수수 떨어졌다.

    창수가 갈대숲으로 들어가 자리를 잡고 앉았다. 어둠 속에서
개천물이 졸졸졸 흐르는 소리가 들려왔다. 재하는 납작한 돌멩
이 하나를 집어 들고 상류 쪽을 향해 물수제비뜨기를 했다. 돌멩
이는 서너 걸음 강물 위를 뛰는가 싶더니 물속으로 첨벙 가라앉
았다.

    재하가 손에 묻은 흙먼지를 털며 물었다.

    "무슨 생각해?"

    "그냥 이것저것."

    "오늘 나 때문에 일 못 해서 그래?"

    "아냐! 삼촌과 함께 한 저녁 식사는 올해 들어 내게 가장 의미
있는 시간이었어."

    "너도 느낀 게 많았구나?"

    "응. 삼촌 이야기를 듣고 있는데 피가 막 들끓고 전율이 오더
라. 심장이 갓 잡아 올린 생선처럼 팔딱거리고…… 아, 이런 게
진정한 사나이의 삶이구나, 싶더라!"

    주인공을 앞에 두고 들으니, 책이나 텔레비전을 통해서 보고

들었던 성공담과는 확연하게 달랐다. 그 차이는 현실 세계와 가상 세계만큼이나 컸다. 막연하게 꿈꾸던 성공의 실체를 본 느낌이었다.

창수가 혼잣말처럼 중얼거렸다.

"그동안 너무 안이하게 살았어. 비좁은 웅덩이에 오래 갇혀 있으면 결국은 썩고 마는 건데……."

외삼촌이란 커다란 거울을 통해서 자신의 실체를 들여다본 때문일까. 창수의 표정이 몹시 슬퍼 보였다.

"이 물도 흐르고 흘러서 끝내는 바다로 가겠지?"

"한강을 거쳐서 바다로 가겠지."

"아, 나도 바다로 가고 싶어! 이 좁고 갑갑한 웅덩이를 벗어나서 더 넓은 세계를 향해 우당탕탕 흘러가고 싶어."

잔잔하게 흐르는 물살을 물끄러미 바라보던 창수가 벌떡 일어났다. 손나팔을 만들어 시꺼먼 어둠을 향해서 고함을 질렀다.

"나는 박창수다! 세상아, 기다려라, 내가 간다!"

재하는 얼핏 창수의 기분을 알 것도 같았다. 재하도 벌떡 일어나서 바다로 흘러가는 물줄기를 바라보며 고함을 질렀다.

"나는 한재하다! 나도 간다!"

둘의 외침이 갈대밭을 휘돌아 밤하늘 가득 울려 퍼졌다.

***

재하가 재촉했다.

"늦겠다, 빨리 좀 나와!"

"다했으니까 나가 있어. 5분 안에 나갈게!"

은하가 립스틱을 들고 거울을 향해 입술을 삐쭉 내밀었다. 재하는 벽시계를 힐끗 올려다보았다. 머릿속으로 시간을 계산해 보니, 잘하면 영화 상영 전에는 도착할 수 있을 것 같았다. 시간도 보낼 겸 초조함을 달래기 위해 리모컨으로 텔레비전을 켰다. 정오 뉴스가 한창이었다. 화면이 바뀌면서 경찰서 풍경이 보였다. 한 남자가 모자를 눌러쓴 채 고개를 푹 숙이고 있었다. 카메라 기자들이 경쟁적으로 셔터를 눌렀다.

"궁정동 살인사건의 유력한 용의자였던 강모 씨가 어젯밤 경찰에 자수했습니다. 강 씨는 지난 7월 14일 밤 10시 경에 귀가하던 정모 씨를 납치해서 궁정동 모텔로 데려간 뒤, 빌려 쓴 사채를 갚으라고 독촉하는 과정에서 흉기로 머리를 때렸고, 뇌출혈로 의식을 잃고 쓰러진 정모 씨를 방치해둔 채 그대로 달아났습니다. 강 씨는 우발적인 범행이었다고 주장하고 있지만 경찰은……."

은하가 방에서 나오면서 "가자!" 하고 말했다. 재하는 깜짝 놀라 허둥지둥 텔레비전을 껐다. 누나와 나란히 집을 나서는데 머릿속이 복잡했다.

'외국으로 도피한다고 하더니…… 결국 살인 혐의를 뒤집어쓰기로 결심했구나. 살인죄면 형량이 꽤 무거울 텐데…….'

같은 하늘 아래 살던 청년이 살인 혐의를 쓰고 구속되었는데도, 마을은 조금도 달라진 것이 없었다. 재하는 비탈길을 내려가다가 고개를 돌리고 뒤를 돌아보았다. 기타를 등에 멘 채 닌자 250R을 타고 시원스레 언덕길을 달려 내려오던 강철의 모습이 늦가을 햇살 속에 환영처럼 아른거렸다.

"누나, 강철 형 알지?"

은하가 순순히 "응" 하며 고개를 끄덕였다.

"철이 형하고 사귄 적 있어?"

"고등학교 때 잠깐……."

"그런데 왜 헤어졌어?"

"철이는 꿈은 있는데 사람이 진득하지 못해! 한때는 비보이가 되겠다며 춤만 추더니, 어느 날은 갑자기 만화가가 되겠다는 거야. 그래서 그런가 보다 했는데 얼마 안 있다가 음악을 하겠다며 덜컥 베이스기타를 사더라고. 옆에서 그 모습을 지켜보고 있으니까 신뢰가 가지 않았어."

"졸업한 뒤에는 안 만났어?"

"올 봄에 회사로 찾아왔기에 한 번 만났어. 취직했다면서 한턱 쏘겠다는 걸 거절했지."

"왜?"

"그냥 느낌이 안 좋았어."

"느낌이 어떻게 안 좋았는데?"

"아마 '마음잡고 열심히 살려고 하는구나'라는 느낌이 들었다면 그렇게까지 거절하지는 않았을 거야. 그런데 '애가 지금 또 엉뚱한 짓을 하고 있구나'라는 느낌이 들더라. 왠지 모르게 벽 같은 게 느껴졌어."

'누나는 강철에 대한 소식을 알고 있는 걸까?'

표정이나 말투를 봐서는 전혀 모르는 것 같은데 말하는 내용으로 봐서는 알고 있는 것도 같았다. 재하는 강철이 한밤중에 찾아왔었다는 이야기를 할까 망설이다가 그만두었다. 아무래도 그 이야기는 좀 더 오랜 세월이 흐른 뒤에 해야 할 것 같은 예감이 들었다.

팝콘 하나와 음료수 하나를 사서 영화관으로 들어갔다. 국제영화제에서 상을 받은 작품이라는데 영화관은 한산했다. 팝콘을 먹으며 예고편을 보고 있는데 문득 '강철에게 인맥은 어떤 의미였을까?' 하는 의문이 들었다. 강철을 F&A라는 회사로 이끈 것도 그의 인맥이었으리라. 한때는 그에게 기쁨을 주었지만 결국 그 인맥은 그를 시궁창으로 처박고 말았다. 그것은 인맥이 아니라 재앙이었다.

꿈꾸는 순간

재하는 흔들리는 버스에서 영어 단어를 외우다가 고개를 들었다. 새해가 시작되면서 내린 눈으로 온 세상이 하얗게 뒤덮여 있었다. 도로 위에도 눈이 쌓여서 차들은 거북이걸음을 했다. 엷은 보라색 하늘을 올려다보니 다시금 눈송이가 떨어지기 시작했다.

버스에서 내리자 매서운 바람이 뺨을 때리고 지나갔다. 기온이 떨어져서 눈은 내리는 대로 고스란히 쌓였다. 맥이 풀리는지 제설차 기사가 한쪽에 차를 세워놓은 채 담배를 피우고 있었다. 곳곳이 빙판이었다. 재하는 옷깃을 세우고 조심스레 걸음을 옮겼다.

다연은 귀에 이어폰을 꽂고 털모자를 쓴 채 벤치에 앉아 있었다. 가까이 다가가도록 모르다가 어깨를 툭 치자 그제야 깜짝 놀라 고개를 돌렸다.

재하가 옆에 앉으며 물었다.

"뭘 그렇게 열심히 들어? 학원 강의?"

다연이 한쪽 이어폰을 빼서 재하의 귀에 꽂아주었다. 빠르고 격정적인 클래식 음악이 흘러나왔다.

"베토벤의 「운명」. 눈 감고 감상해봐. 푸르트뱅글러 지휘, 빈 필하모닉 오케스트라 연주야."

재하는 한쪽 이어폰에서 들려오는 선율에 집중하면서 눈 내리는 거리를 한동안 바라보다가 눈을 감았다. 처음에는 자동차 소리와 뒤섞여 들리더니 이내 음악 소리만 오롯이 들려왔다. 재하는 음악과 하나가 되어갔다. 사람들이 오가는 공원이라는 사실도 잊은 채. 눈발이 날리는 것도 잊은 채.

재하는 언덕에 외로이 서 있는 한 그루 나무였다. 부드러운 바람이 불어오자 무수한 이파리가 은어 떼처럼 허공을 헤엄치기 시작했다. 감미로운 시간도 잠시, 먹구름과 폭풍우가 밀려왔다. 나무는 뿌리째 날아가버릴 듯 휘청거렸다. 격정의 시간이 지나자, 재하는 햇살 아래 즐거이 지저귀는 한 마리 새가 되었다. 날개를 활짝 펴고 파란 창공을 날아갈 때는 겨드랑이 밑이 서늘해졌다.

"끝났어."

다연의 목소리에 재하는 스르르 눈을 떴다. 도대체 시간이 얼마나 지난 걸까. 그리고 무엇이 바뀐 걸까. 왠지 모르게 음악을 듣기 전과는 세상이 달라 보였다. 대기는 한층 부드럽고 색채는 풍부해졌고, 세상이 오븐에서 갓 구운 빵처럼 풍성해진 느낌이었다.

"어때?"

"좋은데."

"그렇지? 난 마음이 울적할 때면 베토벤을 들어. 특히 「운명」을 듣고 있으면 베토벤의 슬픔과 좌절, 그리고 끝없는 도전 의식이 느껴져. 베토벤은 진정한 드림레이서야! 청각을 잃는다는 것은 작곡가에게는 전부를 잃는 것과도 같은 거잖아? 보통 사람들 같으면 가혹한 운명 앞에 주저앉아 신을 원망했을 거야. 그런데 베토벤은 보란 듯이 일어나서 주옥 같은 명곡을 작곡했잖아."

다연의 말이 가슴속으로 스며들었다. 음악을 듣기 전이었다면 교과서적인 지식으로 수긍했겠지만 음악을 듣고 나니 베토벤의 위대함에 전율이 느껴졌다.

"인간의 능력은 정말 대단한 것 같아. 자신의 내면에 감춰진 무한한 능력을 얼마만큼 끄집어내느냐에 따라서 성공하기도 하고, 실패하기도 하는 걸 보면 말야."

재하의 말에 다연이 빙긋 웃으며 고개를 끄덕였다.

"너도 그걸 느꼈구나!"

"예전에는 몰랐는데 미션을 하나씩 수행해가면서 알았어. 내

안에 나도 몰랐던 무한한 능력이 잠재되어 있다는 걸! 열정만 있으면 이 세상에 해내지 못할 일이 없는 거 같아!"

"열정에다 긍정적인 사고까지 겸비한다면 그야말로 무적이지! 긍정적인 사고는 흥부네 제비처럼 신념의 씨앗을 물어다 주거든. 그런데 막상 나 자신이 불행하다는 생각에 빠지게 되면 그게 잘 안 돼. 이성보다 감정이 앞서게 되고…… 모든 걸 팽개치고 나만의 동굴로 도망가고 싶어지기도 하고 말이야."

다연의 눈빛 깊은 곳에서 먹구름이 몰려왔다. 재하는 '무슨 일 있니?'라고 물을까 하다가 그만두었다. 그 대신 미소를 지으며 힘주어 말했다.

"잘될 거야!"

"그래, 잘되어야지!"

다연이 한동안 눈 내리는 거리를 바라보다가 문득 생각난 듯 가방을 열었다. 반으로 접은 두툼한 A4 용지를 꺼내 불쑥 내밀었다.

"받아."

"뭔데?"

"여섯 번째 미션."

재하는 A4 용지를 살펴보았다. '고등학생이 반드시 읽어야 할 책 100권', '청소년을 위한 클래식 100곡', '월드 뮤직 100곡', '한국인이 좋아하는 팝송 100곡', '세계 100대 미술가', '한국 현대 미술가 100인', '세계 영화 100선'…….

재하가 깜짝 놀라 물었다.

"이게 다 뭐야?"

"이번 미션은 교양 쌓기야. '교양 없는 자가 되기보다는 차라리 거지가 되는 편이 낫다. 거지에게 부족한 것은 돈이지만, 교양 없는 자에게 부족한 것은 인간성이기 때문이다.' 키레네학파의 창시자인 아리스티포스가 한 말이야."

"그럼 드림레이서들은 정말로 연극도 보고, 전람회도 구경하고, 책도 읽어가면서 공부를 해왔단 말이야?"

다연이 당연하다는 듯이 "응!" 하고 고개를 끄덕였다.

"어휴, 말도 안 돼! 공부만 하기에도 빠듯한 시간에 이걸 어떻게 다 해?"

"엄청난 일처럼 보이지만 실은 별것 아냐! 시간 관리만 체계적으로 잘하면."

"난 너희들처럼 천재가 아냐. 교양도 중요하지만 일단 발등의 불부터 꺼야 한다고. 여섯 번째 미션은 대학 가서 시작하면 안 될까?"

"세상 모든 일에는 시기가 있어. 겨울에 눈이 내리고 봄에 꽃이 피듯이 말이야. 너, 『데미안』 읽어봤지?"

"응, 중학교 2학년 때."

"어땠어?"

"감동적이더라. 생각할 것도 많았고."

"그렇지? 만약 네가 대학생이 되어서 『데미안』을 읽는다면 느낌이 어떨 것 같아? 그때도 그렇게 감동적일까?"

다연이 무슨 말을 하고 싶은지 알 것 같았다. 말문이 막힌 재하는 대답 대신 길게 한숨을 내쉬었다.

"여섯 번째 미션은 얼핏 보면 평범하지만 그 안에는 깊은 의미가 담겨 있어. 나도 그 사실을 얼마 전에 깨달았어."

"그게 뭔데?"

"우리가 꿈을 찾아가는 과정, 그 자체가 행복해야 한다는 거야. 우리가 성공을 꿈꾸는 이유가 뭐니? 행복해지기 위해서잖아. 그런데 그 과정이 불행하다면 성공한들 그게 무슨 의미가 있겠어?"

재하는 곰곰이 생각하다가 물었다.

"넌 공부가 재미있어?"

"물론이지! 모르는 것을 알아가는 건데 당연히 재미있지."

"난 가끔 지겨운데……."

"나도 그럴 때가 있어! 하지만 그럴 때는 너의 꿈을 생각해! 꿈을 이룬 미래의 네 모습을 상상하다 보면 다시 공부가 재미있게 느껴질 거야."

재하는 두툼한 A4 용지를 다시 넘겼다.

"그래도…… 이건 양이 너무 많아."

"그건 숙제가 아니야. 의무적으로 할 필요는 없어."

눈발이 점점 굵어지고 있었다. 다연이 자리에서 일어났다. 재하도 가방을 챙겨들고 일어났다.

"부담 가질 것 없어. 하다 보면 너도 깨닫겠지만 이번 미션은 일종의 휴식 같은 거야."

인사동 거리는 눈이 내리는데도 불구하고 수많은 인파로 붐볐다. 외국인 관광객들도 자주 눈에 띄었다.

"넌 공부하다가 쉴 때 뭐하니?"

"뭐, 인터넷 서핑도 하고 텔레비전도 보고 그러지 뭐."

"그런 시간에 조금씩 해. 책은 방학 때 집중해서 읽고……. 우리 나온 김에 전시회나 관람하고 가자!"

다연이 화랑 앞에서 걸음을 멈췄다. 유리창에 붙어 있는 포스터를 잠시 들여다보고는 화랑 안으로 들어갔다.

＊＊＊

눈은 좀처럼 멈추지 않았다. 물이 끓으면서 난로 위에 올려놓은 주전자가 미세하게 떨렸다. 몹시 불안정한 소리인데도 이상하게도 귀를 기울이고 있으니 마음이 편안해졌다. 어디선가 기적 소리가 들려올 것만 같았다.

다연이 두 손으로 김이 모락모락 나는 찻잔을 감싸 쥔 채 혼잣말처럼 중얼거렸다.

"내일은 법원에 가봐야 해."

재하는 카페 여주인의 품에 안겨 있는 털이 풍성한 페르시안 고양이를 바라보고 있었다. 그녀의 손길이 스쳐 지나갈 때마다 하늘에서 눈이 흘러내리는 것 같은 착각이 들었다.

"법원은 왜?"

"내일 판결 결과가 나와."

"무슨 판결……?"

"엄마, 아빠가 이혼하셨어. 양육권과 재산을 놓고 법정 다툼을 하고 있는데 내일 결과가 나와."

다연이 다른 사람의 일인 양 담담한 어조로 말했다. 그러나 얼굴은 금세라도 균형을 잃고 액체와 같이 흘러내릴 것처럼 불안했다.

"그럼 내일 결과가 나오면 엄마와 살 것인지, 아빠와 살 것인지 결정되는 거야?"

"난 이미 아빠와 살기로 결정됐어. 문제는 남동생인데, 두 분이서 한 치의 양보도 안 하셔. 아빠는 내일 패하게 되면 곧바로 항소할 거래."

다연이 오늘따라 울적해 보였던 까닭을 알 것 같았다. 이럴 때는 뭐라고 위로를 해야 하는 걸까.

"그랬구나. 너도 많이 힘들겠다."

"날 힘들게 하고, 날 화나게 하는 건 엄마, 아빠의 이혼이 아니야. 자식을 사이에 두고 줄다리기를 하는 과정에서 온갖 욕설과 비방이 오갔어. 엄마와 아빠는 경쟁적으로 상대에 대한 험담을 쏟아부으면서 우리가 자신의 편이 되어주기를 원했어. 그 과정에서 두 분에 대한 존경과 신뢰가 와르르 무너져 내렸지. 이제 내 가슴속에 남아 있는 것은 엄마, 아빠에 대한 혐오감뿐이야!"

누구에게도 속마음을 털어놓지 못했던 걸까. 다연은 이 순간을 기다렸다는 듯이 빠르게 말을 쏟아냈다. 그녀의 눈동자가 불안스레 흔들렸다. 마치 상처 입은 짐승처럼. 그런 그녀가 애처로워서 재하는 시선을 돌렸다. 액자 속의 사진이 눈에 들어왔다. 벼랑 끝에 소나무 한 그루가 외로이 서 있었다. 문득 소나무를 키우는 건 햇살과 빗물이지만 강인하게 만드는 건 거센 바람이라는 생각이 들었다.

"차차 좋아질 거야. 시간이 지나면……."

"그럴까? 내가 엄마, 아빠만큼 나이를 먹게 되면 두 분을 이해할 수 있을까?"

재하가 웃으며 말했다.

"물론이지! 시간이 해결 못하는 게 어디 있어?"

그러나 그녀는 따라 웃지 않았다.

"솔직히 두려워! 다시는 예전처럼 엄마, 아빠를 사랑할 수 없게 될까 봐."

"상처는 들추면 들출수록 커지는 법이야. 너도 힘들어지고……. 마음속으로 용서하고 받아들여."

"당연히 그래야 하고…… 나도 그러고 싶은데…… 잘 안 돼. 그래서…… 너무 속상해!"

다연이 고개를 푹 숙였다. 눈물 한 방울이 찻잔 안으로 뚝, 떨어졌다. 그녀의 어깨 위에서 물총새가 울었다.

치잇쯔, 치잇쯔—.

재하는 찻잔 속의 파문을 바라보다가 고개를 돌렸다. 그녀의 눈물을 보고 나니 한편으로는 가슴이 저릿하면서도 한편으로는 왠지 모르게 친근감이 들었다.

다연이 손수건으로 눈물을 닦으며 혼잣말처럼 중얼거렸다.

"내가 왜 이렇게 감상적으로 굴지? 원래 이렇지 않은데……."

"눈이 와서 그래."

"그런가? 아, 모처럼 주책을 떨었더니 배고프다!"

다연은 다시 본래의 활기찬 모습으로 돌아왔다. 그러나 재하는 문득문득 그녀의 웃음 저편에서 슬픔이 찰랑거리는 소리를 들었다.

찻집을 나서며 시계를 보았다. 밤 아홉 시가 넘은 시간이었다. 눈은 함박눈으로 변해 있었다. 사람들은 일찍 귀가했는지 거리가 한산했다.

재하가 찻집 앞에서 제안했다.

"다연아, 우리 레이스 한번 해보지 않을래?"

"무슨 레이스?"

"100미터 눈길 레이스. 아까 우리가 만났던 장승 있는 데까지 먼저 달리기!"

"같이 출발하는 건 불공평해!"

"그럼 어떡할까?"

"넌 내가 출발하고 나서 애국가 1절을 부른 뒤에 출발하기."

"오케이! 근데 벌칙을 먼저 정해야지?"

다연이 검지를 깨물며 생각에 잠겼다.

"음…… 진 사람이 지하철역 입구까지 업어주기."

"좋아!"

재하가 눈길 위에다 신발로 일직선을 그었다. 그런 다음 둘이 동시에 외쳤다.

"하나, 둘, 셋!"

다연이 눈길을 뒤뚱거리며 달리기 시작했다. 가방을 메고 달리는 그녀의 머리 위로 하얀 눈이 쏟아졌다. 재하는 큰소리로 애국가를 부르기 시작했다.

"동해물과 백두산이 마르고 닳도록, 하느님이 보우하사 우리 나라 만세……."

무료했는지 가게 주인들이 문을 열고 고개를 내민 채 바라보았다. 재하는 개의치 않고 노래를 불렀다. 쏟아지는 눈발이 지우

개처럼 다연의 뒷모습을 빠르게 지웠다. 이내 그녀의 모습이 하얀 눈 속으로 사라졌다. 얼마나 멀리 간 걸까. 그녀가 보이지 않자 불안했다. 재하는 서둘러 나머지를 부른 뒤, 눈 속을 성큼성큼 달리기 시작했다.

눈이 발목까지 쌓여 있었다. 생각만큼 몸이 앞으로 나아가지 않았다. 50여 미터쯤 달렸을까. 숨이 턱까지 차올랐다. 하얗게 지워졌던 다연의 뒷모습이 눈에 들어왔다. 그녀 역시 힘들어 하는 기색이 역력했다. 뒤따라오는 발자국 소리를 들었는지 그녀가 다시 힘을 냈다. 재하는 추월할까 하다가 마음을 바꿨다. 그녀에게 승리의 기쁨을 안겨주기로.

몇 발짝 뒤에서 따라 달리다 보니 어느새 장승이 보였다. 다연이 있는 힘을 다해서 달렸고, 먼저 장승을 터치했다. 재하는 두세 걸음 뒤에 골인했다.

다연이 거친 숨을 토해내며 눈밭에 털썩 주저앉았다.

"내, 내가 이겼어!"

"아깝다! 따라잡을 수 있었는데……."

재하는 다연의 옆에 나란히 앉았다. 가쁜 숨을 몰아쉬며 쏟아지는 눈송이를 바라보고 있으니 이상하리만치 마음이 편안해졌다. 차가운 눈송이가 마치 솜털처럼 포근하게 느껴졌다.

다연이 힘겹게 몸을 일으켰다.

"약속했지? 업어줘."

"여기서?"

"사람이 너무 많은가?"

다연이 사방을 둘러보더니 귀엣말을 했다.

"그럼 내가 다리를 다친 것처럼 절뚝거릴 테니까 저기 경찰서가 있는 데까지 날 부축해줘. 그런 다음 거기서부터 지하철역 입구까지 업어주면 되잖아!"

재하가 고개를 끄덕이자 다연이 재하의 팔을 잡고는 정말 다리를 다친 것처럼 한쪽 다리를 절뚝거리며 걸었다. 그런 다연을 보니 재하는 자꾸만 웃음이 나왔다.

경찰서 앞에 다다랐을 때 재하가 다연 앞에 쪼그리고 앉았다.

"야, 안 되겠다. 업혀!"

"그럴까?"

다연이 못 이기는 척 배시시 웃으며 등에 업혔다. 지하철역까지는 몇 걸음 되지 않았다. 재하가 천천히 걸으며 물었다.

"너, 물총새가 어떻게 사랑을 고백하는지 알아?"

"몰라."

"물총새는 사냥한 물고기를 자기가 먹지 않고 암컷에게 건넨대. 그 물고기 속에 이런 말이 담겨 있는 거지. 나는 당신을 사랑합니다, 나와 결혼해주세요!"

"그래? 짜식들, 보기보다 낭만적이네!"

지하철역 앞에서 다연을 내려주며 재하가 물었다.

"만약 우리가 물총새고 내가 물고기를 잡아오면 넌 어떻게 할 거야?"

"앗, 늦었다!"

다연이 갑자기 시계를 들여다보더니 층계를 후닥닥 뛰어내려 갔다. 그대로 달려가나 싶었는데 층계 중간쯤에서 돌아섰다. 다연이 손나팔을 만들어 소리쳤다.

"너, 『노인과 바다』에 나오는 물고기가 뭔지 알아?"

"어……, 상어였던가?"

"아니, 청새치야! 청새치를 산 채로 잡아오면…… 그땐 생각해볼게!"

2

재하는 틈틈이 여섯 번째 미션을 수행했다. 조깅을 할 때 MP3로 다운받은 음악을 들었고, 잠자는 시간을 쪼개서 책을 읽었다. 주말에는 다연과 함께 전시회나 연극, 영화, 뮤지컬, 음악회를 보러 다녔다. 바쁜 날들이었지만 행복했다. 잠이 3퍼센트쯤 부족하다는 점만 제외한다면.

시간을 쪼개 쓰다 보니 집중력이 높아진 걸까. 공부가 예전보다 재미있었다. 미션을 수행할 때는 물론이고, 책상에 앉아 있을 때도 행복했다. 재하는 음악을 들으며 가끔씩 다연의 말을 떠올렸다.

— 우리가 꿈을 찾아가는 과정, 그 자체가 행복해야 한다는 거야. 우리가 성공을 꿈꾸는 이유가 뭐니? 행복해지기 위해서잖아. 그런데 그 과정이 불행하다면 성공한들 그게 무슨 의미가 있

겠어?

다연이 그랬듯이 재하 역시 미션을 수행하며 여섯 번째 미션의 숨겨진 의미를 조금씩 깨달아갔다. 수많은 산악인들이 위험을 무릅쓰고 높은 산에 도전하는 이유는 정상을 정복하는 기쁨도 기쁨이지만, 꿈꾸고 준비하는 과정 자체가 행복하기 때문이었다. 성공한 뒤의 인생도 나의 인생이지만, 성공을 향해서 달려가고 있는 현재도 나의 인생이었다.

겨울방학은 순식간에 지나갔다. 개학하고 나니 교실은 겨울방학의 후유증으로 어수선했다. 독서에 취미를 붙인 재하는 틈틈이 책을 읽었다. 급우들은 재하가 입시 공부가 아닌 순수한 독서를 한다는 사실을 알고는 괴물 보듯이 바라보았다.

학원에서 강의를 듣고 귀가하는 길이었다. 동네 입구로 접어들자 누군가 등 뒤에서 와락 허리를 껴안았다. 깜짝 놀라 돌아보니 저바다였다. 뭐라고 하는데 음악 소리 때문에 잘 들리지 않았다. 재하가 이어폰을 빼며 "뭐?"라고 물었다.

답답한지 저바다가 악을 썼다.

"바다에 언제 데려갈 거냐고!"

재하는 늘 그래왔듯이 습관적으로 '다음에!'라고 말하려다가 느낌이 이상해서 저바다의 얼굴을 보았다. 두 눈에 그렁그렁한 눈물이 고여 있었다.

"무슨 일 있어?"

저바다가 고개를 가로저었다.

"그런데 다 큰 놈이 왜 울어?"

두 주먹으로 연신 눈물을 닦으며 저바다가 웅얼거렸다.

"그건 내 사정이고……. 바다에는 대체 언제 데려갈 건데?"

재하가 잠깐 생각하다가 물었다.

"너희 가게 언제 쉬지?"

"둘째, 넷째 주 월요일."

"월요일?"

저바다의 소원을 들어주고 싶었지만 월요일이라면 곤란했다.
학교 수업까지 빼먹고 바다에 데려갈 수는 없는 노릇이었다. '다
음에!'라고 말하려는 찰나, 며칠 뒤에 봄방학이 시작된다는 사
실이 떠올랐다.

"그럼 다음 주 월요일에 갈까?"

"정말? 형, 정말이지?"

"그래, 인마!"

"야, 신난다! 드디어 바다에 간다!"

저바다가 언제 울었느냐는 듯이 환하게 웃으며 펄쩍펄쩍 뛰
었다.

"아침 아홉 시에 가게로 데리러 올게!"

"형, 꼭 와야 해! 안 오면 안 돼!"

"알았어, 인마! 바닷바람이 차니까 옷 두툼하게 입고 와."

재하는 다시 귀에 이어폰을 꽂고 걸음을 옮겼다. 언덕길을 오르다가 혹시나 싶어서 뒤를 돌아보았다. 저바다가 가게 앞에서 두 팔로 크게 원을 그리며 손을 흔들었다.

* * *

꽃샘추위가 수그러들었는지 날씨는 예상보다 따뜻했다.

셔터가 내려진 가게 앞에 저바다가 홀로 서 있었다. 털실로 짠 모자에 빨간 벙어리장갑을 끼고, 두툼한 점퍼에 솜바지까지 입고 있어서 마치 에스키모 소년 같았다. 재하는 저바다가 품에 꼭 껴안고 있는 커다란 도시락통을 턱짓하며 물었다.

"그건 뭐야? 바다로 소풍 간다고 사장님이 싸 주셨냐?"

"아니."

"그럼 네가 싼 거야?"

저바다가 잠시 갈등하더니 "응!" 하고 고개를 크게 끄덕였다. 재하가 "내가 들어줄까?" 하고 손을 내밀자, "안 돼!" 하며 몸을 휙 돌렸다.

전동차를 타고 고속버스 터미널로 갔다. 모처럼 외출한 만큼 한껏 들뜰 줄 알았는데 저바다는 의외로 차분했다. 사방을 두리번거리지도 않았고, 말을 걸지도 않았다. 도시락통을 가슴에 꼭 안은 채 앞만 바라보았다.

고속버스 터미널에 도착하니 다연이 먼저 도착해 있었다. 저바다를 보자 다연이 손을 내밀었다.

"안녕, 만나서 반가워! 난 재하 친구 유다연이야."

"난 동우야, 정동우."

순간 재하는 재빨리 저바다를 돌아보았다. 알고 지낸 지 햇수로 3년째지만 그동안 이름조차 몰랐던 터였다.

"정동우? 이름 좋은데!"

재하의 말에 저바다가 멋쩍은지 얼굴을 붉혔다.

바다에 간다는 사실에 들떠서 밤잠을 못 잔 걸까. 저바다는 고속버스에 오르자마자 곯아떨어졌다. 챙겨 온 도시락통을 꼭 끌어안고서.

늦겨울 동해는 텅 비어 있었다. 관광객도 갈매기도 보이지 않았다. 세찬 바람만 떼를 지어서 '우-우우-' 하고 함성을 지르며 모래사장 위를 질주했다. 옷깃을 여민 채 걷다 보니 탁 트인 바다가 한눈에 들어왔다.

저바다가 탄성을 질렀다.

"와, 정말 넓다!"

바다를 향해 뒤뚱거리며 달리는 저바다의 뒷모습이 마치 펭귄 같았다. 그 모습이 우스운지 다연이 빙긋 웃었다.

"동해로 오기를 잘했지?"

"멀어서 그렇지, 좋기는 좋네!"

재하는 원래 가까운 서해에 데려갈 계획이었다. 그런데 다연이 동해에 가자고 졸라서 변경한 것이었다.

　한참 바닷가를 뛰어다니던 저바다가 도시락 뚜껑을 열기 위해서 끙끙거렸다. 잘 열리지 않자 벙어리장갑을 벗고서 다시 시도해보았지만 마찬가지였다.

　재하가 다가가서 손을 내밀었다.

　"줘봐. 형이 열어줄게."

　저바다가 단호하게 고개를 흔들었다.

　"싫어! 내가 열 거야!"

　"얼마나 맛있는 걸 싸 왔기에 그렇게 꽉 닫아놓은 거야?"

　입술을 앙 다문 채 힘을 주는 저바다의 얼굴이 사과처럼 빨갛게 변했다. 보다 못한 재하가 다가서려는 순간, 도시락 뚜껑이 스르르 열렸다. 저바다의 얼굴이 환해졌다.

　"아, 됐다!"

　재하는 궁금증을 못 이기고 재빨리 고개를 들이밀었다.

　"이게 뭐야?"

　보온 도시락 속에는 밥 대신 물이 3분의 2가량 차 있었고, 알록달록한 무늬에 부채처럼 근사한 꼬리지느러미를 지닌 열대어 한 마리가 들어 있었다. 열대어는 물 위에 떠서 꼼짝도 하지 않았다.

　저바다가 울먹이며 말했다.

"주, 죽었나 봐……."

"설마……."

"톰, 죽으면 안 돼! 정신 차려!"

저바다가 손가락으로 열대어의 옆구리를 가볍게 툭 쳤다. 그러자 갑자기 열대어가 빠르게 움직였다.

"아, 살아났다!"

"이름이 톰이야? 그놈 참 예쁘네."

"그치? 내 친구야!"

열대어를 한동안 내려다보던 저바다가 천천히 바다를 향해 다가갔다. 뒤로 물러섰던 파도가 다시금 밀려오기 시작했다.

"조심해!"

재하가 달려가서 저바다의 팔을 붙잡았다. 무서운 기세로 밀려오던 파도는 코앞에서 엎어졌다. 하얀 포말이 주르르 밀려와 재하와 저바다의 신발을 적셨다.

팔을 놓아주며 재하가 말했다.

"지금이야!"

바다를 향해서 저바다가 성큼 다가갔다. 신발을 신은 채로 물속으로 들어가더니 도시락통을 뒤집었다. 열대어가 바닷물 속으로 미끄러지듯 들어갔다. 새로운 환경이 낯선 때문일까, 친구와의 작별이 아쉬운 때문일까. 열대어는 출렁거리는 바닷물에 몸을 맡긴 채 한동안 꼼짝하지 않았다.

저바다가 손을 흔들었다.

"잘 가, 톰!"

작별 인사를 기다렸던 걸까. 열대어가 살랑거리며 멀어져갔다. 꼬리지느러미로 마지막 인사를 대신하면서.

등 뒤에서 다연의 다급한 목소리가 들려왔다.

"파도가 밀려와!"

재하가 깜짝 놀라 고개를 들었다. 높은 파도가 무서운 기세로 다가오고 있었다. 재하가 달려가서 무방비 상태로 서 있는 저바다를 번쩍 들어올렸다. 파도가 어느새 코앞까지 와 있었다. 재하는 돌아서서 달리기 시작했다. 파도가 빠른 속도로 뒤를 따라왔다. 간발의 차이로 바지가 젖는 것은 피할 수 있었다.

저바다가 혼잣말처럼 중얼거렸다.

"톰, 엄마를 꼭 찾아야 해!"

재하는 저바다를 내려놓고 손을 꼭 잡았다. 출렁이는 파도와 수평선을 하염없이 바라보고 있는데 문득 생각난 듯 다연이 말했다.

"감기 들겠어! 얼른 이리 와봐."

다연이 저바다를 모래사장에 앉혔다. 바지자락을 걷고 젖은 신발과 양말을 벗기고는 가방에서 수건을 꺼내 두 발을 꼭 감싸주었다.

재하가 물었다.

"그동안 바다에 오려고 했던 이유가 톰 때문이었어?"

"응, 톰과 제리 때문에……."

"제리? 제리는 누군데?"

"톰의 친구야. 근데 며칠 전에 죽었어."

재하는 저바다가 바다에 언제 데려갈 거냐고 악을 쓰며 울던 날을 떠올렸다.

"톰은 네 친구지?"

"응. 제리도."

"근데 왜 바다로 돌려보내는데?"

"약속했거든."

"톰하고?"

"응. 식당에서 자던 첫날 밤인데 누군가 내 이름을 자꾸 부르는 거야. 알고 보니 어항 속에서 톰하고 제리가 날 부른 거였더라고."

재하는 어렵지 않게 식당 풍경을 상상할 수 있었다. 손님도 돌아가고, 주인아저씨도 집으로 돌아가서 텅 빈 식당. 저바다는 푸르스름한 수조의 형광등 불빛 아래서 열대어와 소곤거리며 이야기를 나누고 있었다.

— 난 동우라고 해. 너희들은 이름이 뭐야?

— 난, 톰!

— 난, 제리! 모두 집에 갔는데 넌 왜 집에 안 가고 여기서 자?

— 이제 여기가 내 집이야. 할머니가 돌아가셨거든.

— 엄마, 아빠는?

— 어디서 사는지 몰라. 근데 너희들은 어디에서 왔어? 내가 산골에서 살아서 계곡에 사는 물고기는 다 아는데 너네처럼 생긴 애들은 처음 봐!

— 우린 바다에서 왔어.

— 아, 바다!

— 바다에 가 봤니?

— 아니! 가 본 적은 없지만 텔레비전에서 봤어. 거기는 멋있기는 한데 위험해 보이더라. 상어 떼도 우글거리고, 덩치가 산만한 고래도 살고.

— 그래도 우리 꿈은 바다로 돌아가는 거야.

— 왜?

— 엄마를 만나러.

— 엄마가 바다에 살아? 그럼 내가 너희들 소원을 들어줄게.

— 정말? 정말로 우릴 바다에 데려다줄 거야?

— 응! 내가 바다에 데려다줄 테니까 꼭 엄마를 찾아야 해!

갑자기 코끝이 찡해지면서 저바다가 안쓰럽다는 생각이 들었다. 재하는 저바다의 어깨에 손을 올리며 물었다.

"동우야, 그럼 네 꿈은 뭐야?"

"꿈? 내 꿈은 뭐냐 하면…… 비밀!"

저바다는 뭔가 말하려다가 입을 꼭 다물었다.

구름 속에 갇혀 있던 태양이 모습을 드러냈다. 현란한 햇살이 쏟아졌다. 수평선 근처에서 새하얀 것이 보석처럼 반짝거렸다. 조업을 마치고 돌아오는 어선 같기도 했고, 어딘가로 이동하는 고래 떼 같기도 했다.

3

재하는 다연과 함께 아침 일찍 대전행 기차에 올랐다. 봄방학이 끝나기 전에 국립중앙과학관을 구경하기 위해서였다.

기차는 한산했다. 좌석이 대부분 비어 있었다. 다연은 자리에 앉자마자 귀에 이어폰을 꽂고 음악을 들으면서 독서를 하기 시작했다.

재하는 차창에 머리를 기댄 채 흘러가는 풍경을 바라보았다. 간밤에 책을 읽느라 잠을 제대로 못 잔 때문인지 머릿속이 멍했다. 멀리 터널이 보였다. 터널이 마치 자신의 귓구멍 같았다. 기차는 한쪽 귓구멍 속으로 들어와서 다른 쪽 귓구멍으로 빠져나갔다.

수원역을 지나는데 다연이 어깨를 툭 쳤다.

"여기까지 오느라고 수고했어."

"수고야 기차가 했지. 내가 한 게 뭐 있다고."

"그게 아니라, 그간 미션을 수행하느라 수고했다는 말이야!"

재하는 그제야 말뜻을 알아듣고 고개를 끄덕였다. 정신을 가다듬기 위해 길게 기지개를 켜고 난 뒤 물었다.

"일곱 번째 미션은 뭔데?"

"생각하는 힘 키우기야. 세계적인 미래학자 앨빈 토플러는 『부의 미래』에서 농업혁명, 산업혁명에 이어서 지식혁명이 도래할 거라고 예견했어. 인터넷은 한정된 공간 안에서 살던 개인에게 무한한 공간을 열어줬어. 공간에 대한 개개인의 영향력이 커지면서 지식이 확대되고 재생산되는 속도 또한 빨라졌지. 지식혁명 시대에 부를 쌓으려면 유용한 정보와 쓸모없는 정보를 선별할 수 있는 능력을 키워야 해."

『부의 미래』는 '고등학생이 반드시 읽어야 할 책 100권' 가운데 한 권이어서 겨울 방학 때 읽었던 책이었다. 생산의 3요소는 토지, 노동, 자본인데 앨빈 토플러는 지식혁명이 이루어지는 지식정보화 시대에는 유형자산인 토지나 자본보다 무형자산인 노동이 더 큰 영향력을 발휘하게 될 거라고 예견했다. 즉, 정신노동에 의해서 부가 창출된다는 것이었다.

"생각이 곧 돈인 시대가 온다는 거지?"

"맞아! 그렇기 때문에 생각하는 힘을 기를 필요가 있어. 미래형 인재가 갖춰야 할 덕목은 통찰력과 창의력이야. 범람하는 지식정보화 시대에 정보의 본질을 꿰뚫어보고 변화를 감지해내는 통찰력, 그 정보를 기반으로 해서 새로운 걸 창조해낼 수 있는 창의력!"

"통찰력과 창의력을 키우려면 뭘 해야 하는데?"

"책을 많이 읽어서 폭넓은 지식을 쌓는 한편 여행을 통해서 다양한 경험을 쌓아야 해. 또 영감이 떠오를 때마다 메모를 하고, 미심쩍거나 이해가 되지 않는 부분은 자신에게 혹은 타인에게 끝없이 질문을 던져야 하고."

"그렇구나! 근데 좀 의외다."

재하가 고개를 갸웃거리자 다연이 물었다.

"어떤 점이?"

"미래형 인재가 되기 위해서 통찰력과 창의력을 키워야 한다는 점에는 공감해! 하지만 통찰력을 키우고, 창의력을 키운다는 것 자체가 추상적인 데다 오랜 시간이 필요한 일이잖아. 그런 과제를 미션으로 수행하기에는 무리가 있는 것 아냐?"

다연이 신중하게 고개를 끄덕였다.

"예리한 지적이야. 우리가 고민했던 부분도 그거야. 그래서 실천적 대안으로 우리 사회의 이슈가 되는 키워드를 매월 선정해서 심화 학습을 하기로 했어."

"심화 학습? 어떻게?"

"키워드가 선정되면 각자 공부를 해야 해. 그중 한 사람이 해당 주제에 대해 조사를 해와서 발표를 하고, 발표가 끝난 뒤 모두 토론을 하는 거지."

"그동안 선정했던 키워드는 어떤 건데?"

"서브프라임 모기지, 줄기세포, 소호, 청년 실업, 대체 연료, 로봇과 미래, 환경호르몬, 게임 산업, 청소년 자살 같은 거야."

"그럼 다음번 키워드는 뭔데?"

"컴퓨터의 미래! 그리고 발표자는 바로 너야."

재하가 깜짝 놀라 물었다.

"뭐? 난 아직 정식 회원도 아니잖아?"

"마지막 관문이야. 드림레이스 회원들은 너의 발표와 토론 과정을 지켜본 뒤에 가입 여부를 결정할 거야."

"난 한 번도 이런 거 해본 적 없는데……."

"겁낼 거 없어! 자료를 찾는 것은 어렵지 않을 거야. 문제는 유용한 정보를 체계적으로 선별해낸 뒤 너의 생각을 담는 건데, 너라면 충분히 해낼 수 있어! 일단 혼자 부딪쳐보고 모르는 게 있으면 언제든지 나에게 물어봐. 도울게."

다연은 다시 이어폰을 꽂고 책을 읽기 시작했다. 기차는 천안을 지나고 있었다. 재하 역시 책을 펼쳐들었지만 눈에 들어오지 않았다. 뇌는 벌써 새로운 미션을 향해서 움직이기 시작했다.

'컴퓨터의 미래라…….'

　　　　　　　　　***

　서편으로 노을이 지고 있었다. 성당은 물속처럼 고요했다. 재
하는 무언가에 이끌리듯 열린 대문 안으로 들어섰다. 아기 예수
를 안은 성모상을 올려다보았다. 가슴 깊은 곳에서 들꽃 향기 같
은 것이 피어올랐다.

　등 뒤에서 다연의 목소리가 들려왔다.

　"오래 기다렸지?"

　돌아보니 다연이 성당 앞에 서 있었다. 학원에서 곧바로 오는
길인지 교복 차림이었다. 재하는 성당을 나서며 시계를 보았다.
약속 시간에서 2, 3분 정도 지나 있었다.

　재하는 성당을 나와서 다연과 함께 걸었다.

　"길을 건너려는데 갑자기 요란한 발자국 소리가 나는 거야.
무슨 일인가 싶어서 돌아봤더니…… 아, 글쎄 수많은 짐승들이
달려오는 거야. 누 떼와 톰슨가젤, 얼룩말이 계속해서 내 앞을
지나가는 바람에 좀 늦었어."

　"저런! 하도 길이 막혀서 세렝게티 초원을 가로질러 왔구나."

　"응, 그런데 초원의 황제 사자가 너한테 전해 달래."

　"뭘?"

　다연이 어깨동무를 하며 재하의 한쪽 어깨를 다독거렸다.

　"떨지 말고 잘하라고."

　"그 사자 만나면 전해줘. 걱정해준 덕분에 발표가 아주 잘 끝

났다고."

다연이 걸음을 우뚝 멈추며 재하의 위아래를 훑어보았다.

"뭐야? 출처 불명의 자신감에 가득 찬 미소는?"

재하는 태연한 척하고 있지만 내심 떨렸다. 그동안 시간 부족, 잠 부족에 시달려가며 발표 준비를 해왔다. 나름대로 열심히는 했는데 제대로 된 건지, 처음 보는 회원들 앞에서 망신이나 당하는 건 아닌지 은근히 불안했다.

다연이 걸음을 멈춘 곳은 청소년 회관 앞이었다.

"여기가 한 달에 한 번씩 모이는 장소야."

3층 건물인데 붉은 벽돌로 지어서 마치 오래된 교회 같았다.

"왜, 학교에서 모이지 않고?"

"회원들의 학교가 제각각이잖아. 드림레이스는 학교장의 허가를 받아서 하는 일종의 과외활동이야."

열린 대문으로 들어서자 제법 너른 마당이 펼쳐졌다. 개나리, 진달래, 목련, 라일락이 피어 있는 화단 주변에 몇 개의 벤치가 놓여 있고, 등나무 아래 각기 다른 교복을 입은 학생들이 삼삼오오 모여 있었다.

재하는 다연을 따라서 건물 안으로 들어갔다. 학교처럼 길게 복도가 뻗어 있고, 그 옆으로 여러 개의 방이 붙어 있었다. 복도를 걸어가다 보니 어떤 방에서는 전자기타 소리가 들렸고, 어떤 방에서는 영어로 연설하는 소리가 들렸다.

모임 장소는 2층이었다. 실내는 일반 교실의 반 정도 되는 크기였다. 책상이 열 개 남짓 놓여 있고, 단상 쪽에는 대형 모니터와 칠판이 놓여 있었다.

"아직 아무도 안 왔네."

다연이 가방에서 종이로 만든 고양이 가면을 꺼냈다.

"그건 뭐야?"

"오늘 모임에서는 회원들이 모두 가면을 쓰기로 했거든."

"왜?"

"그냥, 재미있을 것 같아서."

다연이 가면을 썼다. 그 모습이 왠지 우스꽝스러워 보였다. 가방에서 가면을 하나 더 꺼내더니 불쑥 내밀었다.

"너도 써봐."

"뭐야, 사자네?"

재하는 조금은 익살스러워 보이는 사자 가면을 내려다보다가 얼굴에 썼다.

잠시 뒤 동물 마스크를 쓴 학생들이 하나, 둘 들어왔다. 마지막으로 곰 마스크를 쓴 양복 입은 신사가 들어왔다. 간단한 인사말이 오간 뒤, 하마가 단상으로 나갔다.

"드림레이스 20차 정기모임을 시작하겠습니다. 오늘 모임의 주제는 '컴퓨터와 미래'로, 발표는 한재하 학생이 하겠습니다."

재하는 준비해 온 CD를 플레이어에 넣었다. 발표는 캠코더로 촬영한 장면을 모니터로 보면서 설명을 보충하는 형식으로 진행되었다.

재하가 준비한 자료는 총 4장이었다. 제1장의 주제는 컴퓨터의 발달사였다. 인터넷에서 찾은 자료를 시대별로 간략하게 정리한 것이었다. 제2장의 주제는 컴퓨터의 발달과 사회 변화였다. 관련 서적을 읽은 뒤 질문 내용을 준비했고, 사회학자를 직접 만나 인터뷰한 내용이었다. 제3장의 주제는 미래형 컴퓨터였다. 미래에 어떤 컴퓨터가 출현할 것인지에 대한 의견은 다양했다. 인터넷과 과학 잡지, 서적 등을 통해 찾은 자료를 체계적으로 정리했고, 모니터에 떠오르는 그림, 사진, 도표 등을 보면서 차분하게 설명을 이어갔다. 제4장의 주제는 미래형 컴퓨터와 관련 산업이었다. 다연이 마지막 장에는 반드시 발표자의 주관적인 생각이 들어가야 한다고 해서 고심 끝에 고른 주제였다. 재하는 미래형 컴퓨터가 출현함으로써 어떠한 산업이 번창하게 될 것인지에 대해서 조심스레 의견을 개진했다. 준비할 때는 몰랐는데 발표를 하다 보니 발표 내용이 다소 현실과 동떨어져 있다는 생각이 들었다.

발표는 모두 끝이 났다. 재하는 조마조마한 심정으로 회원들을 돌아보았다. 가면을 쓰고 있어서 회원들의 반응을 전혀 알 수 없었다.

'내용이 기대에 못 미쳤나?'

낙담한 재하가 단상을 내려오는데 회원들이 열렬하게 박수를 치기 시작했다. 비로소 마음이 놓였다. 다연을 돌아보자 엄지를 치켜세웠다.

'하마'가 다시 단상으로 나갔다.

"한재하 학생, 수고하셨습니다! 미래형 컴퓨터와 관련 산업은 흥미로운 주제였고, 유익한 시간이었다는 생각이 듭니다. 그럼 이제부터 토론에 들어가겠습니다. 토론에 앞서 자리를 정비해 주십시오."

회원들은 일어나서 동그랗게 마주볼 수 있게끔 의자와 책상을 옮겼다. 자리 배치가 끝나자 곧바로 토론이 이어졌다. '하마'가 사회를 보았고, 지도 교사이자 멘토인 '곰'은 토론 과정을 묵묵히 지켜보았다.

* * *

재하는 화단에 앉아서 진달래꽃을 들여다보았다. 봄바람이 불어오자 꽃잎이 파르르 떨었다. 재하는 스르르 눈을 감았다. 파도 소리가 들리는가 싶더니 끝없이 펼쳐진 수평선이 보였다.

지난날들이 빠르게 스쳐 지나갔다. 드림레이스를 시작한 지 1년도 채 되지 않았지만 그동안 많은 변화가 있었다. 인생에 대한 뚜렷한 목표가 생겼고, 마음만 먹으면 무슨 일이든 할 수 있다는 자신감도 얻었다.

그러나 무엇보다도 큰 소득은 시간의 소중함을 깨달은 것이었다. 시간은 무엇과도 바꿀 수 없는 소중한 자산이었다. 시간 관리를 어떻게 하느냐에 따라서 꿈을 성취하느냐 마느냐가 결정된다고 해도 과언이 아니었다.

핸드폰 벨이 울렸다. 액정을 들여다보니 예상했던 대로 다연이었다.

"재하야, 들어와."

무기명 투표가 끝나고 결과가 나온 모양이었다. 재하는 한 차례 심호흡을 한 뒤 건물로 들어갔다. 어떤 결과가 나오든 후회는 없었다. 설령 정식 회원이 되지 못한다 하더라도 일곱 가지 미션만은 계속 수행해 나갈 작정이었다.

조심스레 방문을 열었다. 방에는 불이 꺼져 있었다. 책상 한가운데 케이크가 하나 놓여 있었다.

어둠 속에서 다연의 목소리가 들려왔다.

"축하해! 만장일치로 널 정식 회원으로 받아들이기로 했어!"

"고맙습니다."

재하는 어둠 속을 향해서 깊숙이 허리를 숙였다.

"촛불을 꺼야지!"

다연이 손을 잡아끌었다. 재하가 '후우!' 불어서 촛불을 껐다. 그러자 요란한 박수 소리와 함께 불이 켜졌다.

"이제 정식으로 인사를 하자. 난 이태현이야. 너랑 같은 중학교였지."

하마가 먼저 가면을 벗으며 손을 내밀었다.

"이태현……? 너 정일중학교 나온 거 맞아?"

"난 중학교 때는 아주 평범한 학생이었다. 3년 동안 한 번도 너랑 같은 반이었던 적이 없으니까 네가 날 모르는 게 당연해."

"그런가?"

재하는 다른 회원들과도 인사를 나눴다. 다연이 말했던 것처럼 회원들은 중학교 다닐 때까지만 해도 모두 평범한 학생들이었다. 그러나 지금은 모두 전교 상위권이었다.

톰슨가젤이 복면을 벗으며 말했다.

"아무리 그래도 나는 알겠지?"

재하는 얼굴을 확인하는 순간, 깜짝 놀랐다. 다름 아닌 정태훈이었기 때문이었다.

"뭐야? 너도 드림레이서였어?"

"놀랐지?"

"야, 왜 진작 말을 안 했어! 그럼 여태 날 속인 거야?"

"속인 건 아니고…… 그렇게 됐다!"

재하가 어리벙벙해 있는데 다시금 귀에 익은 목소리가 들려왔다.

"축하한다!"

곰이 가면을 벗었다. 다연의 외삼촌이었다.

"처음 봤을 때 야무지다고 생각했는데 역시 기대를 저버리지 않는구나! 얼마나 멋진 레이서로 성장할지 기대되네."

재하가 어리둥절해 있는데 다연이 팔을 잡아끌었다.

"인사가 다 끝났으면 선서를 해야지! 선서가 끝나야 정식 회원이 되는 거야."

다연이 A4 용지를 한 장 내밀었다. 재하는 내용을 한 차례 훑은 뒤 단상으로 올라갔다. 오른손을 들어 올리고 큰 소리로 선서를 했다.

"나, 한재하는 드림레이서 회원으로서 주어진 능력을 최대한 발휘하여 정정당당하게 꿈의 레이스를 펼치겠습니다! 일곱 가지 미션을 충실히 수행하며, 진실을 외면하지 않으며, 약자를 배려하며, 나눔의 정신을 실천하며, 어떤 역경과 고난에 부딪쳐도 반드시 이겨내는 드림레이스의 승자가 되겠습니다!"

***

버스에서 내린 재하는 어둠에 덮인 달동네를 올려다보았다. 몇 개의 불빛이 금세라도 꺼질 듯 가물거렸다. 하지만 재하는 느낄 수 있었다. 어둠 속에서 아이들이 이카로스의 날개를 준비하고 있음을. 법과 규칙을 무시하고 태양 가까이 다가간 몇은 추락

하겠지만, 몇은 날개를 활짝 펴고 창공을 힘차게 비상하리라.

재하는 금방이라도 날아오를 듯 두 팔을 날개처럼 들어올렸다. 태훈이 어깨를 툭, 쳤다.

"뭐해?"

"어? 아냐, 아무것도."

"자식, 싱겁기는."

나란히 걷던 태훈이 목련 나무 아래서 걸음을 멈췄다. 순백의 목련은 어둠 속에서 은은한 자태를 뽐내고 있었다.

"난 목련이 참 좋아! 단, 하루를 살더라도 목련처럼 우아하게 살고 싶어."

그것은 태훈의 꿈만이 아니라 달동네에 살고 있는 모든 아이들의 꿈이었다. 가난은 보이지 않는 족쇄였다. 날아오르는 아이들의 발목을 잡았고, 더 깊은 가난 속으로 끌어당겼다.

재하가 물었다.

"그런데 어떻게 된 거야?"

"뭐가?"

"난 네가 드림레이스 회원일 줄은 꿈에도 몰랐어."

"아, 그거! 사실 널 정식 회원으로 추천한 건 나야."

"추천?"

"응. 그런데 다른 회원들이 네가 일곱 가지 미션을 제대로 해낼수 있을까, 반신반의했어. 설득하느라 애를 먹고 있는데 다연이가 절충안을 내놨지. 일단 임시 회원으로 뽑고 일곱 가지 미션을 수행하는 과정을 지켜보고 난 다음에 최종적으로 결정하자고."

문득 '시작이 반'이라는 말이 떠올랐다. 재하 역시 처음 미션을 시작할 때만 해도 자신이 이렇게까지 변하리라고는 상상조차 하지 못했다.

"정식 회원이 되니까 기분이 어때?"

"뭐랄까? 제대로 된 상을 받은 기분이라고나 할까?"

"나도 추천하기는 했지만 솔직히 놀랐다. 네가 이렇게까지 훌륭하게 해낼 줄은 몰랐거든."

"걱정이 태산이다! 다른 회원들 얼굴에 먹칠하지 않으려면 더 열심히 해야 할 텐데……."

태훈이 어깨를 쳤다.

"지금까지 잘해왔잖아? 지금처럼만 하면 돼."

"내가 정말 잘 해낼 수 있을까?"

"물론이지! 노력하는 것도, 노력한 만큼의 성과를 얻어내는 것도 일종의 습관이야. 열심히 하다 보면 점점 더 잘하게 돼!"

"경험에서 우러나온 조언이야?"

"나도 가끔은 내가 신기해. 공부에는 재능이 없으니까 남들보다 열심히 해야지 했는데 전교 1등이라니. 어쨌든 기분 하난 끝내주더라!"

비탈길을 올라가는데 봄바람이 불어왔고, 라일락 향기가 물

썬 풍겨왔다. 문득 창수가 생각났다.

"태훈아, 우리 모처럼 삼총사가 한번 뭉쳐볼까?"

"좋지! 그러고 보니 창수 자식 얼굴 본 지도 오래됐네!"

재하 역시 마찬가지였다. 창수를 마지막으로 본 건 두 달 전이었다. 창수는 배달민족을 그만두고, 휴대폰 대리점에서 일하고 있었다.

동네 입구의 슈퍼마켓에서 과자와 음료수를 샀다. 골목길로 접어드니 부부싸움을 하는 소리가 들려왔다. 남자의 거친 욕설과 함께 요란한 쇳소리가 들려왔다. 홧김에 냄비나 프라이팬을 집어던진 것 같았다.

재하가 머리를 설레설레 흔들었다.

"정말로 여기는 지옥이야, 지옥!"

"꿈을 잃어버려서 그래. 더 이상 살아야 할 이유도, 희망도 없는 거지."

창수네 집 대문은 여전했다. 아귀가 맞지 않아 삐거덕거리는 대문을 살짝 밀고 마당으로 들어섰다. 방에는 불이 훤히 켜져 있었다. 재하가 문틈으로 방 안을 살폈다. 동생들은 자고 있고, 창수 혼자 책상에 앉아 열심히 뭔가를 하고 있었다.

재하가 방문을 열며 "창수야!" 하고 불렀다.

"어, 재하냐?"

태훈이 재빨리 얼굴을 들이밀었다.

"나도 왔다!"

"웬일이야? 이 시간에."

"이 형님이 마침내 일곱 가지 미션을 모두 통과하고 정식 회원이 됐다!"

"정말? 축하한다!"

"자식! 말로만?"

"동생들 깨겠다. 우리 천국으로 올라가자."

재하와 태훈이 먼저 밖으로 나갔다. 골목에서 기다리고 있으니 창수가 조심스레 대문을 닫고 나왔다.

태훈이 창수의 위아래를 훑었다.

"와, 이 자식 봐라? 그동안 엄청 컸네!"

"넌, 대체 뭐했냐? 남들 키 크는 동안……."

재하는 두 사람의 키를 유심히 살폈다. 중학교 때는 둘이 키가 비슷했는데 지금은 창수가 머리 하나가 더 컸다.

"그러게?"

재하가 실눈을 뜨고 태훈을 노려보았다.

"야한 생각 많이 하면 안 큰다던데 혹시…… 너 밤마다 야동 보는 거 아냐?"

태훈이 기겁을 해서 손사래를 쳤다.

"사실은 작년 겨울에 나폴레옹하고 히틀러 평전을 탐독해서 그래!"

"이걸 믿어, 말어?"

재하가 고개를 갸웃거리자 창수가 말했다.

"친구니까 믿어주자!"

"그럴까? 까짓것 믿어줬다! 친구 좋다는 게 뭐냐."

"고맙다, 친구야! 고마워서 눈물이 다 나려고 그런다."

창수가 뒷짐을 지고 왕처럼 거만하게 말했다.

"부디 올 겨울에는 키 작은 위인들일랑 상종하지 말고, 링컨이나 마이클 조던 같은 키 큰 위인들의 자서전을 탐독하도록 하여라."

"예예, 어느 어르신 말씀인데 여부가 있겠습니까요."

태훈이 사극에 나오는 이방처럼 머리를 연신 조아리는 바람에 재하와 창수는 한바탕 웃음을 터뜨렸다.

가벼운 농담을 주고받으면서 가파른 골목길을 올라갔다. 돌산으로 접어들자 기다렸다는 듯이 시원한 봄바람이 불어왔다. 가슴이 탁 트이는 기분이었다.

정자는 중학생 후배들이 점거하고 있었다. 세 사람이 다가가자 꾸벅 인사를 하고는 슬그머니 정자에서 내려와 10여 미터 떨어진 너른 바위로 자진해서 자리를 옮겼다. 선배들에게 정자를 양보하는 것은 오래전부터 내려오던 동네의 전통이었다.

재하가 난간에 걸터앉으며 물었다.

"근데 창수 너 피곤할 텐데 안 자고 뭐하고 있었던 거야?"

"응, 공부."

태훈이 반색하며 물었다.

"다시 공부하려고?"

"이대로 주저앉기에는 청춘이 아깝잖아. 그래서 검정고시라도 보려고."

"생각 잘했다! 그런데 갑자기 왜 그런 기특한 생각을 하게 된 거야?"

"갑자기는 아니고…… 작년 가을에 재하하고 다연이 외삼촌을 만나고 나서부터 쭉 생각했던 거야."

"그랬구나!"

재하는 하천을 거닐던 그날 밤을 떠올렸다. 평상시의 창수답지 않게 들떠 있었는데 역시 외삼촌과의 만남이 자극이 되었던 모양이었다.

"사실…… 그동안 날 힘들게 했던 건 가난이 아니라 미래에 대한 두려움이었어. 나 혼자 살아가기도 버거운데 어린 동생들을 데리고 살아갈 생각을 하니 숨조차 제대로 쉴 수 없었어. 한동안은 세상이 시베리아 벌판처럼 황량하게만 느껴졌지. 그런데…… 외삼촌을 만나고 온 날 밤, 깨달았어. 내가 사라져버렸다고 생각했던 그 꿈이 그 자리에 고스란히 놓여 있다는 것을. 먹구름에 저 별이 가려지듯이, 내가 두려움에 떠느라 미처 발견하지 못했던 거야."

갑자기 생각난 듯 태훈이 가방을 뒤적여 슈퍼에서 산 것들을 꺼내더니, 음료수 캔을 따서 창수에게 내밀었다. 창수가 받아서 한 모금 마신 뒤 말을 이었다.

"나도 일곱 가지 미션에 도전해보려고. 외삼촌을 만난 다음 날, 다이어리를 한 권 샀어. 첫 번째 미션인 나의 일대기를 쓰며 많은 걸 생각했어. 냉정하게 생각해보니 비록 환경이 바뀌긴 했지만 크게 달라진 건 없더라. 상황이 지금보다 나빠진다면 훨씬 더 힘들고 고달파지겠지만 꿈을 이루지 못할 상황은 없다는 걸 알았지."

재하는 코끝이 찡해졌다. 어둠 속에서 물총새가 울었다.

치잇쯔, 치잇쯔―.

재하는 몸을 날려서 창수를 끌어안았다. 그 바람에 창수가 뒤로 벌렁 넘어졌다.

"박창수! 너 오늘 왜 이렇게 예뻐 보이냐? 우리 뽀뽀나 한번 하자!"

창수가 두 팔로 얼굴을 가렸다.

"야, 저리 가! 징그러워."

"딱, 한 번만 하자!"

재하가 겨드랑이를 간질이자 창수가 몸을 뒤틀며 키득키득 웃음을 터뜨렸다. 등 뒤에서 태훈의 목소리가 들려왔다.

"야, 그만들 해라. 쟤네들이 오해하겠다!"

"누가?"

재하가 몸을 일으키며 너른바위 쪽을 보았다. 이쪽을 보고 있던 후배들이 시선이 마주치자 재빨리 고개를 돌렸다.

정자에 큰 대자로 드러누워 있던 창수가 소리쳤다.

"야, 삼태성이다!"

"어디?"

재하가 재빨리 창수 옆에 누웠다. 태훈이 창수 옆에 누우며 물었다.

"삼태성이 어디 있어?"

"저기!"

창수가 손을 들어서 밤하늘을 가리켰다.

북두칠성 아래 세 개의 별이 나란히 빛나고 있었다. 삼태성은 중학교 때 경주로 수학여행을 가서, 삼총사의 별로 삼자고 약속했던 별자리였다. 삼태성이 빛나는 한 영원히 우정을 잃지 말자면서.

재하가 추억에 젖어 있는데 태훈이 물었다.

"20년 뒤 우리는 어디서 뭘 하고 있을까? 저 삼태성처럼 별이 되어서 찬란하게 빛나고 있을까?"

창수가 대답했다.

"그야 물론이지! 넌 세계적으로 유명한 물리학자가 되어 있을 거고, 재하는 훌륭한 사업가가 되어 있을 거고, 그리고 난……."

"넌?"

"넌 뭐가 될 건데?"

재하와 태훈이 차례대로 물었다. 창수가 쑥스러운지 솜털이 자라기 시작하는 구레나룻을 긁적거렸다.

"사법고시는커녕 검정고시도 못 붙었는데 이런 이야기해도 되나 몰라. 난 인권 변호사가 되어 있을 거야!"

'인권 변호사라……'

재하는 창수의 미래를 상상해보았다. 머리가 좋고, 집념이 있으니 반드시 꿈을 이룰 것 같았다. 그러나 그 꿈을 이루기까지 고달픈 나날들을 보내야 하리라. 그대로 주저앉고 싶은 날에는 외삼촌이 그랬던 것처럼 '나에게 공부가 사치는 아닐까?'라는 회의를 품으면서.

태훈이 혼잣말처럼 중얼거렸다.

"어쩌면 우리는 벌써 꿈을 이루었는지도 몰라. 가족과 함께 야외로 놀러왔다가 잠깐 잠이 들었고, 드림레이스를 막 시작하던 20년 전의 꿈을 꾸고 있는 건지도……."

창수가 반문했다.

"우리가 벌써 꿈을 이뤘다고? 난 그건 아니었으면 좋겠어."

"아니, 왜?"

"꿈을 이루었다는 것은 곧, 우리의 청춘이 모두 지나갔음을 의미하는 거잖아. 꿈을 이루었을 때보다 꿈꿀 때가 더 행복하지 않을까? 비록 심신은 힘들고 고단할지라도."

듣고 보니 창수의 말도 일리가 있었다. 밤하늘의 별을 올려다보고 있으니 너른 바위 쪽에서 노래가 들려왔다.

"우리도 노래 들을까?"

태훈이 핸드폰을 꺼내 버튼을 누르기 시작했다. 아바의 「아이 해브 어 드림I have a dream」이 흘러나왔다.

창수가 반색했다.

"어? 이 노래, 우리 엄마가 무척 좋아하던 노랜데……."

"그래? 나도 이 노래 좋아하는데."

태훈이 따라 부르자 창수도 함께 부르기 시작했다. 재하도 몇 번 들어본 적이 있는 노래여서 함께 불렀다.

세 사람이 부르는 노랫소리는 점점 커졌고, 허공을 맴돌다 아랫마을로 내려갔다. 마치 계곡의 물들이 우당퉁탕 흘러서 거대한 강을 이루듯이. 강물이 다시 흐르고 흘러서 넓고 푸른 바다로 흘러들어 가듯이.

I have a dream, a song to sing.

To help me cope with anything.

If you see the wonder of a fairy tale.

You can take the future even if you fail.

I believe in angels.

Something good in everything I see.

I believe in angels.

When I know the time is right for me.

I'll cross the stream — I have a dream.

드림레이서를 위한 일곱 가지 미션

첫 번째 미션 – 나의 일대기를 적어보자

종이에다가 펜으로 꿈과 미래를 적어보자. 삶은 간절히 바라는 대로 이루어진다. 그럼에도 불구하고 다수의 사람들이 원하지 않는 삶을 사는 이유는 막연하게 꿈꾸기 때문이다. 대충 쏜 화살은 대충 날아간다. 정확히 맞추고 싶다면 목표물부터 정확히 조준해야 한다.

두 번째 미션 – 중·단기 계획을 세우자

꿈을 이루는 레이스는 단거리 경주가 아닌 마라톤이다. 꿈을 이루고 싶다면 신중하게 전략을 짤 필요가 있다. 중기 계획은 성취감을 느낄 수 있도록 세우는 게 좋고, 단기 계획은 실천 가능하게끔 세우는 게 좋다.

세 번째 미션 – 파워지수를 높이자

파워란 하루아침에 길러지지 않는다. 강 하구의 모래톱처럼 오랜 세월에 걸쳐서 조금씩 쌓인다. 어떤 꿈을 꾸느냐에 따라서 키워야 할 파워도 달라진다. 사업가가 되고 싶은 사람과 과학자가 되고 싶은 사람의 파워가 같을 수는 없는 법이다. 꿈을 이루고 싶다면 일찍부터 파워를 키워 나가야 한다.

네 번째 미션 – 시간을 관리하자

시간의 소중함은 아무리 강조해도 지나치지 않다. 거지를 부자로 만드는 것도 시간이고, 부자를 거지로 만드는 것도 시간이다. 꿈을 이루고 싶다면 시간을 철저하게 관리하며 살아야 한다. 시간은 흐르는 물과 같아서 한눈팔면 순식간에 빠져나가버린다.

다섯 번째 미션 – 인맥을 쌓자

친구를 보면 그 사람을 알 수 있다. 인맥 쌓기의 기본은 진실이다. 거짓된 관계는 시간이 흐르면 신기루처럼 사라져버리지만, 진실한 관계는 시간이 흐르면 흐를수록 빛을 발한다. 인맥을 쌓는 것도 중요하지만 관계의 소중함을 깨닫고, 활용할 줄 알아야 한다. 인맥을 어떻게 활용하느냐에 따라서 인생이 바뀐다.

여섯 번째 미션 – 교양을 쌓자

세상은 아는 만큼 보인다. 똑같은 책 한 권을 읽어도, 똑같은 그림을 한 편 감상해도, 똑같은 노래를 한 곡 들어도 느낌은 제각각이다. 교양 있는 사람은 인생이 즐겁다. 아는 게 많고 느끼는 게 많기 때문이다. 그런 사람과의 만남은 즐겁다. 대화의 폭이 넓어서 넓은 세계를 볼 수 있기 때문이다.

일곱 번째 미션 – 생각하는 힘을 키우자

미래형 인재가 되려면 수많은 정보 가운데 유용한 정보를 꿰뚫어볼 수 있는 통찰력과 그 정보를 기반으로 해서 새로운 무언가를 창조해낼 수 있는 창의력이 있어야 한다. 뇌는 반복 학습에 의해서 잠재 능력을 발산한다. 일찍부터 유용한 정보를 선별하는 연습과 그 정보를 활용하는 연습을 할 필요가 있다.

멋지다 열일곱

초판 1쇄 발행 2011년 3월 24일   초판 7쇄 발행 2012년 8월 27일

지은이 한창욱 **펴낸이** 연준혁

출판 2분사 분사장 이부연
책임편집 박지혜
일러스트 조성흠 **디자인** 이세호

제작 이재승 송현주

펴낸곳 (주)위즈덤하우스 **출판등록** 2000년 5월 23일 제13-1071호
주소 경기도 고양시 일산동구 장항동 846번지 센트럴프라자 6층
전화 031)936-4000 **팩스** 031)903-3893 **홈페이지** www.wisdomhouse.co.kr
출력 엔터 **종이** 화인페이퍼 **인쇄·제본** 현문인쇄 **후가공** 이지앤비

값 10,000원   ISBN 978-89-5913-616-2 43810

국립중앙도서관 출판시도서목록(CIP)

멋지다 열일곱 / 지은이: 한창욱. -- 고양 : 위즈덤하우스, 2011
p. ; cm

ISBN 978-89-5913-616-2 43810 : ₩10000

한국 현대 소설[韓國現代小說]

813.7-KDC5   CIP2011001019